NADA MAIS ILUSÓRIO

NADA MAIS ILUSÓRIO

MARTA PÉREZ-CARBONELL

Tradução de
Mariana Sanchez

1ª edição

AMARCORD
RIO DE JANEIRO | 2025

Título original: Nada más ilusorio

CIP-BRASIL. CATALOGAÇÃO NA PUBLICAÇÃO
SINDICATO NACIONAL DOS EDITORES DE LIVROS, RJ

P514n
Pérez-Carbonell, Marta
Nada mais ilusório / Marta Pérez-Carbonell ; tradução Mariana Sanchez. - 1. ed. - Rio de Janeiro : Amarcord, 2025.

Tradução de: Nada más ilusorio
ISBN 978-65-85854-39-9

1. Romance espanhol. I. Sanchez, Mariana. II. Título.

25-99027.0
CDD: 863
CDU: 82-3(460)

Gabriela Faray Ferreira Lopes - Bibliotecária - CRB-7/6643

Este livro foi revisado segundo o Acordo Ortográfico da Língua Portuguesa de 1990.

Direitos desta tradução adquiridos pela
AMARCORD
Um selo da
EDITORA RECORD LTDA.
Rua Argentina, 171 – 3o andar – São Cristóvão
Rio de Janeiro, RJ – 20921–380
Tel.: (21) 2585–2000.

Seja um leitor preferencial Record.
Cadastre-se em www.record.com.br
e receba informações sobre nossos lançamentos e nossas promoções.

Atendimento e venda direta ao leitor:
sac@record.com.br

Impresso no Brasil
2025

A Andrés, que acreditou nesta história muito antes de ela existir,
e a todos aqueles que buscam refúgio na leitura.

Esses dias passarão como passam
todos os dias ruins da vida
Acalmarão os ventos que te arrasam
Estancará o sangue da tua ferida

A alma errante voltará ao abrigo
O que já se perdeu será encontrado
O sol será sem mancha concebido
e nascerá novamente ao teu lado

E dirás, olhando o mar: Como terei podido
encharcado sem bússola e perdido
chegar ao porto com as velas rotas?

E uma voz te dirá: Não sabes?
O vento que rasgou tuas naves
é o mesmo que faz voar as gaivotas.

OSCAR HAHN

Oui, tout le recit etait fait de choses qui se repondaient.
Le commencement creait une situation qui se denouait
a la fin avec les elements du commencement.
Donc la fin repetait le commencement
*et le commencement permettait deja de concevoir la fin.**

JEAN-PAUL SARTRE

---

* Sim, a história toda era feita de coisas que correspondiam./ O início criava uma situação que se resolvia/ no fim com os elementos do início./ Portanto, o fim repetia o início/ e o início permitia conceber o fim. (*N. da T.*)

Os numerais chineses distinguem entre dois tipos de zero, que são, na verdade, dois tipos de nada: um é o nada absoluto, o que suponho que dá forma aos confins do universo, onde nenhuma partícula jamais existiu; o outro é representado pelo caractere *ling* 零, que denota o rastro derradeiro do que ficou para trás, como a umidade suspensa na atmosfera depois de uma tempestade. Uma ausência definida pela marca do que foi e existiu.

Naqueles dias estáticos, tudo era *ling*; uma lacuna onde antes havia algo. Mas esta não é uma história sobre o tempo de quietude, e sim o relato de uma longa noite.

Quando me ofereceram o emprego em Londres, o pior já havia passado e naquele momento eu estava em Atocha. Naqueles primeiros dias do verão de 2020, caminhar era um passatempo novo do qual não parecia que fôssemos nos cansar. Todos os dias eu vagava sem rumo e muitas vezes chegava a Moncloa, Atocha, Príncipe Pío. As estações acolhiam todo o movimento que nos faltara: hordas de turistas, passageiros chegando atrasados, garçons levando cafés; mesmo na lagoa central, as tartarugas de Atocha subiam nas pedras e pulavam na água. Podia vê-las do banco em que eu tinha sentado, lentas e jurássicas, umas de molho e outras se secando ao sol. Um homem com um sorriso largo e um carrinho cheio de folhetos se aproximou de mim. Estava me observando, disse ele, enquanto me entregava um prospecto com uma fotografia de um grupo de crianças. Os pequenos estavam rodeados de pombas brancas numa campina e olhavam para um céu nublado através do qual se via um raio de luz. Lancei ao homem um olhar que na verdade era uma pergunta, e ele apontou para o texto do folheto: "O que é a vida". Sem interrogação e com tipografia de delivery de pizza. Com a convicção dos místicos, anunciou que estava ali para me salvar. Agradeci sua boa intenção, mas não, obrigada, eu já tinha me salvado, e ele também, e todos que estavam em Atocha aquele dia. O homem olhou para mim perplexo e aproveitei um anúncio do alto-falante para me levantar e pegar o telefone. Abri instintivamente o e-mail: eu tinha conseguido o emprego em Londres. Me afastar do místico naquele momento era me distanciar de Madri. Eu poderia ter simplesmente me levantado, mas sair de Atocha e deixar o país parecia uma coisa só.

Às vezes, decisões como terminar uma refeição com sobremesa ou café (ou comê-la acompanhada de pão branco ou integral) levam mais tempo do que aquelas que implicam uma mudança de vida. Me perguntei o que escolheria o iluminado, com seu folheto de pizzaria delirante. Diante de duas opções, não escolhemos sempre nos lançar na roda do movimento? Um grupo de americanas arrastava malas pesadas, turistas giravam feito antena no mesmo lugar com seus celulares, enxurradas de pessoas seguiam cegamente um guarda-chuva. O movimento sempre nos alcança.

Com o cargo novo na WorldTrans, eu trabalhava principalmente na sede de Londres, mas tinha que passar uma semana no escritório escocês. No penúltimo domingo de cada mês, pegava um trem noturno e, na segunda-feira, amanhecia em Edimburgo. Lá, me hospedava em um pequeno hotel, de onde saía às sextas-feiras à tarde de volta a Londres. Costumava chegar dormindo ao meu destino, a qualquer um dos dois; as pernas tão inchadas quanto o ânimo esvaziado, como se o volume de um fosse transferido para o outro. Eram noites longas e, ao contrário de anos atrás, a leveza não vinha sozinha, eu precisava invocá-la e colocá-la a meu favor.

Eu já havia morado na capital britânica um tempo atrás. Naquela ocasião distante, fiz um curso de escrita em inglês e trabalhei como *au pair.* Aquela temporada de sanduíches frios, carpetes velhos e despreocupação foi a história de um parêntese: se deu sem apego nem intensidade, aconteceu como poderia não ter acontecido.

Foi um período curto e não demorei para retornar a Madri, onde a vida voltou a ser menos leve. Lá, fiz mestrado e trabalhei, entre outras coisas, como tradutora freelancer; era uma situação precária, mas no silêncio dos meses solitários a tradução dos textos me ajudou a criar a ilusão de companhia. Durante esse tempo, o inimigo invertebrado, mudo e microscópico esvaziou as ruas, transformando-as em um estúdio de filmagem do qual as câmeras se foram. E nós, os espectadores, assistimos à hecatombe de dentro de nossos lares, reunindo o suficiente para seguir em frente, respirando só o necessário, oscilando um pouco, apenas murmurando. O mundo inteiro prendia a respiração como se estivesse debaixo d'água, fingindo não ser e não estar ali para que as ambulâncias não nos encontrassem.

Com o fim dos dias paralisados, ficaram para trás a perda, a febre e o silêncio. O tempo que parecia elástico acabou e eu, com o intuito de retomar o movimento, me vi novamente instalada em Londres.

Embora todas as histórias acabem, nenhuma termina completamente: uma vai se entrelaçando na outra, como fizeram estas, na esperança de formar um tecido juntas.

De todas as viagens de trem que fiz, a desta história foi a mais memorável. Talvez tudo tenha acontecido porque me esqueci de levar um livro na bolsa. Ler à noite nos trens sempre foi um refúgio para os viajantes; em movimento, a leitura nos proporciona a sensação de abrigo e conforto — uma lanterna, dizia Walter Benjamin. Mesmo o temido avião nos acalenta em seu berço quando temos um livro. Desligam a cabine de passageiros e a luz individual nos ilumina como nuvens que despejam água em cima de um personagem de desenho animado. Enquanto atravessamos a escuridão do vazio, lemos uma história iluminada e, ao mesmo tempo, envolta em penumbra. Mas naquela noite eu não tinha um livro.

Anunciaram a estação seguinte com parada (a única que o trem fazia em seu trajeto noturno) e saí do compartimento em direção ao vagão-restaurante, onde o garçom brincava com a franja e se movia com parcimônia atrás do balcão enquanto servia garrafas de gim em miniatura acompanhadas de latinhas. Ele devia cruzar a extensão da ilha britânica com mais frequência do que eu, e talvez detestasse as estações e o movimento.

Os vagões eram divididos em compartimentos cujas poltronas podiam se juntar no meio e formar uma cama a partir de metades de assentos, mas isso exigiria o consentimento de todos e, se houvesse, seria violento se deitar ao lado daqueles desconhecidos na proximidade criada. Em geral, aquelas noites transcorriam com os passageiros sentados, sempre tentando evitar os olhares uns dos outros na estranha intimidade do cubículo. Naquela noite ninguém viajava no meu compartimento e, ao voltar do vagão-restaurante, pensei que, sem um livro, minhas únicas companhias seriam a penumbra lá fora e o gim aqui dentro. Mas me enganei, pois, ao entrar, me esperava uma história prestes a se entrelaçar na minha.

Na parada anterior haviam embarcado dois homens que viajavam juntos. Estavam sentados em frente ao meu assento e sorriram para mim quando entrei. Me perguntei o que os uniria. Tinham modos solenes demais para serem parentes. Poderiam ser amigos, embora um deles fosse muito mais velho, mas lia-se nos dois um resquício de relação professor-aluno. O mais novo poderia ser um aluno proeminente de pós-graduação. Conheci vários relacionamentos baseados nessa fórmula invencível: um homem desejando ser ouvido quando começa a se tornar obsoleto; um jovem que anseia por ser escolhido entre um grupo já seleto de estudantes. Eram americanos e conversavam sobre um romance; era principalmente o jovem quem falava.

— Não acho que seu livro esteja vendendo só por causa do escândalo. — Arriscou aquele que identifiquei como o pupilo. — Há muitos motivos para se ler uma história. Vários exemplares já tinham sido vendidos nas semanas anteriores ao artigo de Donovan Seymour e, de qualquer forma, que diferença isso faz? O importante é que está sendo lido.

Seu companheiro olhava pela janela com um ar melancólico, como imagino que tenham feito tantos escritores pesarosos. Quase escuro do lado de fora, ele só via o reflexo de seu rosto, e talvez a imagem tenha lhe causado certa angústia. Calculei que devia ter uns sessenta anos, mas a tristeza que transmitia o fazia parecer mais velho. Não respondeu às tentativas de incentivo do jovem e, a certa altura, reparou em sua própria imagem vista através dos meus olhos, como às vezes acontece entre estranhos.

A gente sai de casa, conta histórias, ri e abre garrafas de vinho com quem aceita nos fazer companhia. Assim passam os dias, até que vemos nosso reflexo em outros olhos. Os olhares alheios são espelhos que não podem ser ignorados, uma daquelas salas claustrofóbicas dos parques de diversões antigos onde espelhos côncavos e convexos devolvem uma imagem cada vez mais distorcida. Nenhum deles oferece reflexos objetivos, mas nunca vemos nosso próprio rosto, a não ser em uma simetria invertida. Tive a impressão de que o professor sentiu uma pontada dessa agitação ao se ver nos olhos de uma desconhecida.

O estudante tentava convencê-lo de que, embora acompanhados de algum escândalo, muitos livros haviam se tornado marcos e, em alguns casos, justamente *devido* a esse escândalo. Eu ouvia a conversa fingindo ler uma revista que havia encontrado no compartimento.

— Não importa quanto o livro esteja vendendo. Ele está enterrado debaixo dessa onda toda de boatos, um sucesso em clima de *reality show*. O romance não será nada além disso depois do artigo de Donovan Seymour. — Sua tristeza me pareceu verdadeira e pensei que talvez seu desânimo fosse mais real que o do papel de escritor deprimido que ele interpretava.

O jovem olhou para ele, intrigado.

— Mas é verdade? — perguntou.

— Verdade *o quê*? O que Seymour escreveu no artigo da *New Yorker*?

— Sim — respondeu o rapaz. — Sempre achei que grande parte das acusações eram inventadas. Neste caso, não seria possível processar por difamação?

Eu erguia os olhos da revista, sem poder evitar. Notei no professor algo semelhante a lisonja quando intuiu interesse da minha parte. Meu olhar, embora ainda tímido, se perguntava se aquela história publicada na *New Yorker* era verdade ou não. O jovem o observava esperando uma resposta e me examinava com certo ressentimento: eu havia me intrometido na sua história, ainda que silenciosamente. Poderia tê-los deixado a sós para que conversassem à vontade, mas já tinha começado a escutar e é verdade isso de que os ouvidos não têm pálpebras. Somente o sono cancela a audição. O professor me olhou nos olhos pela primeira vez.

— E você? Também está interessada em saber se o que Donovan Seymour escreveu é verdade? — Ele me estendeu a mão com um sorriso que não tive tempo de interpretar. — Terence Milton, prazer em conhecê-la.

O trem continuava a avançar através do breu que não chegava a ser total. Durante aquelas viagens, muitas vezes tive a impressão de que era difícil para a noite vencer a batalha contra o dia, e quando o sol devia dar lugar à escuridão, a luz ameaçava ressurgir. No ar, tudo eram partículas aquosas e rastro de chuva britânica, puro *ling*.

Olhei melhor para Terence Milton, que muitos, segundo ele, chamavam de Terry. Quando apertou minha mão, prestei mais atenção em seus trajes. Um suéter verde alguns números maior, de gola V, que deixava entrever o peito peludo, a calça de sarja bege também um pouco folgada. Era um daqueles homens incompreensivelmente magros, com feições e ar de pouca saúde, cujo aspecto enfermiço parecia mais fruto de uma fraqueza de espírito do que de qualquer doença física.

O jovem tinha aparência de universitário americano que passava uma temporada na Europa, embora a ilha fosse cada vez menos europeia. Olhou para mim com olhos tímidos cor de mel e falou, com um sorriso que não escondia sua irritação pela minha presença:

— Meu nome é Mick Boulder, mas todos me chamam de Bo. Muito prazer. Espero que não se importe, mas preciso conversar em particular com meu professor.

Antes que eu pudesse responder, Terry interveio. De jeito nenhum! Nós três estávamos no mesmo compartimento e eles não iriam deixar sua nova amiga de lado. Se quisesse ouvir a história, teria que ser na minha frente. Bo negou com a cabeça e ergueu as mãos em sinal de paz, como fazem nos filmes quando chega a polícia.

O que queríamos saber? Terence olhou para mim, ciente de que me faltava contexto.

— Escrevi um romance curto intitulado *Rocco* — me disse. Bo assentiu com um gesto impaciente. — Sua publicação despertou grande interesse, mas apenas pelo que revelava ou escondia sobre a realidade. Não achei que fosse ter o efeito que teve, e não paro de me perguntar o que teria acontecido se eu não o tivesse publicado.

— Sobre o que é? — me atrevi a perguntar.

Mas Terence não pareceu me ouvir, ou não quis me responder, e continuou falando.

— Tudo teria sido diferente sem *Rocco*. Mas é sempre assim com tudo o que acontece, não é? Pelo menos é como as comédias e os dramas retratam: o que teria acontecido se tivesse entrado naquele elevador, se não tivesse me distraído com a vizinha, se tivesse conseguido um táxi assim que saí?

"Sobre o que é? — perguntou para si mesmo. — *Rocco* é uma história sobre o efeito que uma pessoa tem sobre outra. Uma pequena fração de vida que mostra um instante encontrado e perdido, como acontece com o personagem principal de 'O raio', aquele conto do Calvino. Já leu? Esse personagem encontra a sabedoria de repente, enquanto está atravessando a rua; ela cai sobre ele como um raio e esse relâmpago de compreensão muda toda sua perspectiva num piscar de olhos, mas ele imediatamente a perde. Essa é a história de *Rocco*: a do instante encontrado e perdido em que duas pessoas se cruzam. Mas não se assuste, que não tenho tal pretensão. *Rocco* não é 'O raio', nem eu me considero Italo Calvino."

Enquanto Terry tomava fôlego, fiz um gesto de olhar pela janela e, naquele momento, um trem passou muito perto, fazendo o nosso tremer.

— O problema de *Rocco* — Terry continuou — é que foi lido como um romance que escondia verdades sobre um jovem chamado Hans Haig. Muitos o leram dessa maneira, como um daqueles *romans à clef* que contêm pistas sobre pessoas reais. Foi assim que foi descrito por Donovan Seymour, o repórter da *New Yorker* a quem meu jovem amigo se referia — diante da menção a Hans Haig, Bo se remexeu no assento e Terry nos olhou bem nos olhos. — Foi Mina Lint quem me apresentou para Hans. Bo, você conhece Mina e sabe que no verão ela costuma organizar festas em sua casa no Soho — disse Terence e, dirigindo-se a mim: — Nós moramos em Nova York. Sou professor de literatura no Graduate Center e Bo foi meu aluno no doutorado.

Bo confirmou com um gesto de assentimento e Terry continuou evocando aquele encontro que talvez fosse a origem do raio sobre o qual mais tarde escreveu.

— Sim. Mina Lint poderia nunca tê-lo apresentado a mim, e em outra versão da história foi certamente o que aconteceu — disse, dando de ombros antes de retomar. — Esse sobrenome que lembra o chocolate suíço e o ar de mistério que a envolve dão margem para imaginar todo tipo de procedência de seu patrimônio, que lhe permite viver de um jeito despreocupado e ocioso, sempre ligada às artes e à boemia nova-iorquina; uma vida que, embora não seja ostensiva em si, custa uma fortuna. Sou aceito como professor anedótico nesses círculos, mas ela é peça-chave do quebra-cabeça social que frequenta. Com sua longa e ondulada cabeleira ruiva e sua risada atrevida, Mina é daquelas mulheres de alegria contagiante. E, além disso, tem um interesse genuíno pelas pessoas à sua volta, então nos tornamos amigos com facilidade. Seus três pequenos galgos italianos costumavam ser, ao lado dela, os protagonistas das noitadas. Os cachorrinhos recusavam a companhia de qualquer outra pessoa e, como muitos dos convidados, viviam fascinados pela presença da anfitriã. Naquela noite, cheguei tarde à casa dela e, quando me viu aparecer na escadaria que dava para a cobertura, ela veio em minha direção com os braços abertos e uma taça de champagne na mão.

Conforme Terry falava, eu imaginava Sylvia, de *La dolce vita*, e também a namorada de Roger Rabbit, a sedutora Jessica Rabbit, com sua cabeleira alaranjada. Mulheres capazes de deslumbrar com sua mera presença, como supus que Mina faria.

— Ela se aproximou com um jovem que eu nunca tinha visto antes e, depois dos beijos, fez as apresentações: "Terence Milton, um velho amigo que não vejo com tanta frequência quanto gostaria; Hans Haig, um novo amigo que chegou na cidade há pouco tempo e que espero ver muitas vezes." Hans sorriu e, depois de sacudir umas migalhas da lapela, estendeu a mão para mim com uma leve inclinação de cabeça que julguei antiquada para sua idade. Estava muito perfumado e devia ter uns vinte e poucos anos. Mina nos contou sobre a exposição de um fotógrafo que estavam começando a chamar de "o novo Richard Avedon". Aparentemente, ele retocava seus retratos gigantescos apagando os olhos dos modelos fotografados e os substituindo por cavalos-marinhos. O efeito era perturbador, garantia Mina, que sabia da obsessão do jovem por aqueles animaizinhos. Depois, olhou ao redor com indolência: "Veio bastante gente, não é? Semana que vem aviso vocês para irmos ver a exposição. É perturbadora", repetiu ao se afastar para continuar cumprimentando os convidados. Aquela foi a primeira de muitas exposições que nós três vimos juntos — recordou Terry, absorto. — Embora na verdade não tenham sido tantas assim.

Enquanto ouvia, gostaria de ter visto uma foto de Hans Haig ou de Mina Lint; me faltava contexto para aquela história que acabava de começar. Eu só precisaria pedir licença para ir ao banheiro e procurar na internet. Também poderia pesquisar quem era Terence Milton e qual foi o escândalo que *Rocco* causou. Mas fiquei com preguiça ao pensar em sair do compartimento: sua luz amarelada me lembrava uma fogueira, talvez porque fosse uma história o que me prendia ali e, no imaginário popular, essas duas coisas costumam andar juntas.

— Mina comentou que uns amigos que tinham acabado de pousar no aeroporto de La Guardia haviam perdido a bagagem. Não conseguiriam chegar à festa aquela noite, uma pena. Nesse mesmo aeroporto, disse Hans, ele tinha visto uma imagem curiosa, na qual ficou pensando por algum tempo. — Bo e eu olhamos para ele, ansiosos, e Terry caiu na risada. — Foi exatamente assim que eu e Mina olhamos para ele, prontos para ouvir seu relato, como vocês, agora. Eu me lembro bem da expressão de Hans na hora que contou aquela história. Como mais tarde descobri que lhe acontecia quando ele era o centro das atenções, seus olhos se encheram de lágrimas que não chegavam a transbordar e que o obrigavam a piscar mais, tornando seu olhar azul líquido.

Terry falava devagar, arrastando o cenário daquela noite para o momento presente. Ao invocá-la, talvez esperasse que o olhar de Hans deslizasse até nosso trem noturno.

— Hans contou que, enquanto esperava por sua mala, presenciara um grupo de aeromoças presas no meio de uma esteira rolante. Talvez tivessem subido ali quando ainda não estava em movimento (mas por quê?) e depois não sabiam como sair daquele carrossel repleto de bagagens. Um passageiro ofereceu uma mão amiga, sugerindo que pulassem, um pé na parte estática que ainda não é esteira e o outro avançando entre as malas, mas elas, cientes das limitações de seu uniforme, riram da proposta. Não iriam perder a compostura nem rasgar suas saias, mesmo que fossem de ponta de estoque.

Bo me lançou uma pergunta em forma de olhar diante da interrupção repentina do professor, que se virara para a janela, mas dei de ombros e apontei para Terry com o dedo indicador, para que ele o tirasse de seu devaneio.

— E o que Hans contou que as aeromoças fizeram? — perguntou Bo.

— Não muito mais. Disse que encararam a situação com bom humor e se resignaram a ficar no centro da esteira, pelo menos até a mala dele chegar. Então, foi embora e nunca soube quanto tempo elas permaneceram ali.

Nenhum de nós tinha visto aquelas aeromoças, mas nós três pudemos contemplá-las com os olhos da mente. Unidos pelo relato de Hans, que nos chegava por meio de Terry, vimos como elas riam alegres, incompreensivelmente presas naquela esteira rolante.

— Embora depois eu tenha tido mais notícias de Hans — disse Terry —, a primeira coisa que ouvi da boca dele foi esse episódio sem grande importância. Mas a história me divertiu, vi como ele sorria com aquele brilho aquoso no olhar, e eu também, como vocês agora, quis continuar escutando.

I

Será que o problema de Nova York é que cada um de seus cantos já foi narrado? Será que se esgotaram os encontros em parques forrados de folhas douradas, as imagens de uma cidade coberta por palmos de neve e pistas de patinação congeladas, o metal das pontes que atravessam a cidade? Nova York passou décadas fazendo papel de si mesma, servindo de cenário e protagonista de amores, mistérios, negócios sujos e sonhos frustrados. O dinheiro da Bolsa nos anos oitenta, os encontros casuais entre ex-namorados, os aluguéis exorbitantes. O cinema e a literatura espremeram a laranja de Nova York e talvez a tenham deixado seca; quantos funcionários saindo por portas giratórias, quantos passeadores de cães prestes a trombar com uma beldade lânguida, quantas cenas caóticas na sombria Port Authority?

Seus bairros, com seu poder aquisitivo, sua inclinação política, sua orientação sexual, seus gostos e suas paranoias foram o início e o fim de inúmeras histórias. Os sujeitos melancólicos jogados nos bares moribundos do Lower East Side; a voz reacionária que dominou por tanto tempo o Greenwich Village; a gentrificação que expulsou à força os donos dessa voz; os armazéns onde eram fatiadas peças de carne no Meatpacking District (hoje transformado em área industrial); as galerias e estúdios do Chelsea, atualmente inacessíveis para os artistas; os lofts do Soho; o agito de Wall Street com seus minicachorros-quentes e seus pretzels insossos. As estações do ano no Central Park; o aconchegante Upper East Side repleto de histórias; os que as contam de suas escrivaninhas no Upper West Side; o monstrengo em que a Times Square se transformou. As *brownstones* do Brooklyn, o já distante ressurgimento de Williamsburg, a nostalgia evocada por Coney Island... Fachadas e interiores, cafés e escritórios, coberturas e lojas, a luz que se infiltra pelas estações do início do século passado. Será que ainda resta alguma gota à laranja?

É impossível para quem vive aqui não carregar dentro de si uma boa dose de personagem de ficção e, embora o residente queira evitar o imaginário urbano, a tentação de representar a si mesmo vem de forma natural. O palco precede o indivíduo, e não se pode viver negando tudo isso, ignorando as histórias protagonizadas pelo cenário que também faz as vezes de casa própria. Quem se muda para Bushwick, quem faz a barba (pagando valores astronômicos) e caminha entre grafites com tatuagens e um desleixo estudado já é um personagem, porque a realidade e seu artifício são as duas metades da laranja nova-iorquina.

Eu, por exemplo, também já me tornei um clichê ficcional ao me mudar para cá. Cheguei perseguindo sonhos desiludidos de escritor, com um caderno debaixo do braço e um contrato temporário em um pequeno *college* do Brooklyn. Uma das figuras mais batidas, o autor fracassado que, neste caso, nem sequer é escritor de verdade e nem está tão frustrado assim. Em outra cidade, minha vida teria sido insignificante, mas aqui ela integra uma montagem na qual tenho um papel a representar, e essa é a circunstância mais propícia para fazer parte de uma história.

No grande palco da cidade, eu morava num pequeno apartamento na parte menos pitoresca do Village, embora todas sejam. O *college* tinha conseguido aquele lugar para mim por um preço razoável, sublocando-o de um professor que passava um ano sabático em algum lugar da Ásia. Cheguei à cidade em março para cobrir uma licença-maternidade que duraria o resto daquele semestre de primavera e o do outono do ano seguinte.

Não se pode dizer que obtive destaque na minha carreira acadêmica. Comecei dando aulas na universidade de um município perdido no estado de Illinois chamado Normal. Lá, amarguei os invernos mais gelados e escuros imagináveis. Fugi deles quando tive a oportunidade de trabalhar num pequeno *college* privado no estado da Geórgia, onde me pagariam um pouco mais e presumi que não teria de conviver com a falta de luz e o vazio por mais da metade do ano. Acertei apenas quanto à parte da escuridão. Na Geórgia eu também morava no meio do nada, embora dessa vez se tratasse de um lugar tão quente e úmido que destruía os pulmões e a vontade de viver entre abril e novembro.

As perguntas daqueles que não vivem girando feito pião no circo dos cargos acadêmicos são sempre gentis e exasperantes. "Por que você decidiu morar lá?", "Como foi se mudar para aquele lugar cercado de plantações de milho?". Com tão poucos empregos, quase ninguém escolhe nada dentro do mundo acadêmico e, quando se escolhe algo, a escolha geralmente é deixar o circo, pular fora da roda que te joga de uma planície fria a um vilarejo fantasma para viver a vida que existe além da torre de marfim. Em ambas as universidades, meus cargos haviam sido temporários. Quando meu segundo contrato na Geórgia ia chegando ao fim, a chefe do departamento me incentivou a solicitar a vaga que agora ocupo; uma antiga colega dela estava de licença e precisavam de alguém para dar aulas introdutórias de literatura norte-americana. Era mais um cargo temporário, e o dinheiro que eu ganharia não renderia grande coisa em Nova York. Mas eu tinha algumas economias e muita vontade de fugir daquele vazio sulista, onde proliferavam os valores mais conservadores e pavorosos do país, além de baratas enormes que saíam dos esgotos aos borbotões. Em Nova York, pensei, eu me livraria do primeiro grupo e, pelo menos no inverno, também do segundo.

Como em outras tardes de verão, sem compromissos universitários até o final de agosto, a sonolência tomou conta de mim após uma manhã trabalhando em um artigo. O resultado daquelas horas de escrita era muito duvidoso: os ensaios acadêmicos haviam se tornado uma forma de evitar escrever minhas próprias histórias, e muitas vezes não saía nem uma coisa nem outra. Tinha comido os restos de umas almôndegas que encontrei em um dos *tupperwares* do congelador.

O ar-condicionado do apartamento estava há dias pingando. Quanto mais pingava, menos esfriava, e chegou a um ponto em que a sala-cozinha estava tomada por baldes que se enchiam de água cada vez mais rápido; naquele momento, para ficar em casa era preciso se dedicar quase que exclusivamente a esvaziar os baldes sem sequer desfrutar de uma temperatura decente. Portanto, foi o calor que me expulsou para a rua naquela tarde de julho. Desliguei o ar-condicionado e saí à procura de um lugar onde pudesse parar de suar e me livrar da letargia.

Foi assim que cheguei ao Timbernotes, um estabelecimento no porão de uma rua do Soho onde vários copos cheios de gelo ocupavam as mesas. Me sentei e, enquanto esperava meu chá gelado, notei que um rapaz de jaqueta de couro e olhos muito claros olhava para mim do balcão do bar com um misto de curiosidade e pena. Sua roupa me chamou a atenção devido ao calor lá fora. Ele tinha uma mochila a seus pés e estava recostado na banqueta com uma atitude de quem bebe no balcão de uma verdadeira espelunca fingindo querer esquecer (tantas cenas). Supus que a pena que notei em seu olhar se devia à minha aparência sonolenta e suada; quanto à curiosidade, não consegui adivinhar o motivo, talvez tédio. Eu estava com meu caderno de anotações e, quando me recompus, abri-o e comecei a reler minhas palavras.

A curiosidade do rapaz do balcão parecia aumentar. Se ele se virava para a frente, era apenas por um instante, e logo voltava o olhar para mim. Observava como uma criança que quer ver melhor. O que ele teria visto se eu estivesse mais perto? Uma história pessoal sem grande importância: meu relacionamento anódino com Cynthia e seu final insignificante. Amigos, amantes, todos viviam vidas nas quais não consegui encontrar um espaço para mim.

Então, me lembrei de algo que me contou Maddie, uma amiga próxima na universidade, que, sem aviso prévio, se distanciou e se casou com um homem mais velho que trabalhava em Boston. Fazia tempo que eu não tinha notícias dela. Da última vez que soube de sua vida, ela e o marido haviam comprado uma casa em Martha's Vineyard; ela passava a maior parte do tempo lá, enquanto ele continuava enriquecendo e envelhecendo em Boston. Era uma casa de veraneio, mas Maddie me falou que decidiu ficar por lá o ano todo. Tinha mais quartos de que precisava e vivia com o sonho de transformá-la em um pequeno hotel que ela mesma gerenciaria, dividindo o espaço com os hóspedes. Eu não conseguia imaginá-la preparando o café da manhã ou aguentando os caprichos dos clientes, que ela devia ver como intrusos dentro de casa. É possível que naquele momento ela tivesse outra postura, mas na minha lembrança Maddie era uma dessas pessoas que viviam em estado de graça, sendo sempre o foco das atenções de todos os lados.

Ela tinha consciência dessa qualidade, por isso ficou desconcertada com o episódio que vivenciou numa noite fria. Segundo me contou, numa viagem a Fairbanks, Alaska, Maddie entrou num restaurante e, enquanto sacudia a neve das botas no umbral da porta esperando ser atendida, ninguém reparou na sua presença, nem no frio que ela levara junto, nem nas suas bochechas avermelhadas. Me contou que saiu do local, botou o gorro e as luvas novamente, caminhou pela neve e se dispôs a entrar de novo, fazendo gestos exagerados de frio com um sorriso largo no rosto e cumprimentando em voz alta; aquele seu sorriso irresistível que, nesse dia, não teve nenhum efeito. Ela tossiu, agitou os cabelos e fez menção de acariciar um enorme São Bernardo que dormia perto da lareira. Então, o dono se virou e o garçom também ergueu a cabeça, fazendo com que todos que estavam no balcão do bar girassem e respondessem ao seu sorriso. Maddie me confessou sua decepção uma noite em que compartilhamos tequila e confidências. Ela esperava que enquanto fosse jovem aquilo não acontecesse novamente, e ficava angustiada de pensar que o tempo passaria e ela deixaria de ser alguém que as pessoas notassem. De que dependia seu estado de graça? Ela sempre se viu através dos olhos dos outros e não sabia como seria quando aquele olhar não existisse. Ao contrário de Maddie, minha única imagem era a que eu tinha de mim mesmo. Não me lembrava da última vez que alguém tinha olhado para mim com curiosidade, como se eu pudesse oferecer algo sob meu corpo de estátua inacabada. Por um breve período, Maddie me observou com interesse, mas desviou esse olhar muito antes de que eu pudesse me acostumar com ele.

Naquela tarde sonolenta em que fiquei tão surpreso que um estranho me observasse do balcão, pensei que era assim que os olhos sempre haviam pousado sobre Maddie quando ela entrava em qualquer lugar, exceto naquela noite gelada em Fairbanks e talvez em outras sobre as quais eu nunca soube.

Enquanto relembrava esse episódio e me perguntava se Maddie teria aberto o hotel na sua casa de veraneio, o dono do olhar se aproximou de mim. Ergueu as sobrancelhas ao levantar uma cadeira vazia. Abri e virei a palma da mão: "Pode se sentar, está desocupada." O estranho sorriu e ouvi sua voz pela primeira vez: "Desculpe por interromper, por olhar tão descaradamente." Disse que havia lhe chamado atenção minha enorme semelhança com alguém do seu passado, mas agora que estava na minha frente, via que não parecia tanto assim.

Ele continuava sorrindo e, enquanto nos olhávamos, imaginei que ele estava vendo seu velho conhecido ao mesmo tempo que eu me lembrava de Maddie. Meu copo de chá gelado já não tinha chá, mas ainda estava cheio de gelo e havia deixado uma rodela de água na mesa. Rocco pôs a mão em cima e, encharcada, passou-a na nuca.

Eu nunca havia puxado conversa com ninguém durante aquelas viagens. Geralmente, passava o tempo lendo e cochilando, num estado limítrofe entre o sono e a vigília, consciente da velocidade e do trajeto apenas em parte. Porém, aquela noite a rapidez do trem não passou despercebida por mim, nem a sensação de que algo estava começando.

Terry anunciou que estava com fome, então fomos até o vagão-restaurante. Em uma das mesas, dois garçons estavam entretidos em seus celulares. As outras estavam vazias, exceto a do canto, onde um homem contava notas no colo. A luz não era suficiente para que se concluísse que o restaurante estava aberto, tampouco tão fraca a ponto de garantir que já estivesse fechado. Um dos garçons era o que antes cuidava do pequeno bar e, ao nos ver, levantou a vista e se aproximou de nós. Apesar da aparência abandonada, o lugar parecia estar funcionando. Um vagão digno de Hopper.

Havia três pratos à escolha e nós três optamos pelo que incluía carne. Quem poderia confiar no peixe? Quanto à opção vegetariana, ninguém entendeu em que consistia. Pedimos uma garrafa de vinho. Tudo chegou rápido e frio. Os pratos, certamente preparados com antecedência pelos garçons, pareciam esperar para serem degustados sem vontade. O humor de Terry havia mudado e naquele momento parecia animado. Talvez estivesse grato pela companhia até mais do que eu. Com sua história de como conheceu Hans, apagou a imagem de si mesmo que havia deixado transparecer no compartimento e agora não havia mais nenhum vestígio do escritor abatido. Como a carne não estava quente e era difícil de mastigar, bebemos rápido e comemos mais lentamente.

Antes da breve visita àquela cidade no norte da ilha onde embarcaram no trem, disseram que haviam estado em Paris. Lá, Terry tinha feito o lançamento do seu livro, ou da tradução francesa. Estavam indo para

Edimburgo porque a universidade o convidara para dar uma palestra em um congresso sobre a combinação de gêneros literários. Ele abriria o encontro com a conferência "Para além de si: os limites da autobiografia e da autoficção".

— É um contrassenso que eu tenha sido convidado para dar essa palestra — disse Terry. — O convite é anterior à publicação de *Rocco*, mas agora a sala inteira vai considerar o título uma referência ao meu romance. "Para além de si", por Terence Milton... Que inapropriado, que ideia. Vão pensar que eu poderia nunca ter saído de mim, que teria sido melhor ficar lá dentro, onde minhas histórias não atingissem ninguém.

— Chegou a conhecer bem o Hans? — Me atrevi a perguntar.

— Não tanto quanto gostaria. Se pudesse voltar atrás, teria passado mais tempo com ele, mas não pensando no personagem de Rocco, sobre quem comecei a escrever logo em seguida... Conheci Hans, sim, mas menos do que o imaginei, isso é certo.

Terry disse aquilo olhando para a mesa com uma expressão aflita. Não ousei perguntar mais nada. Naquele momento, o trem reduziu a velocidade e uma freada brusca o arrancou do passado. Serviu as três últimas taças de vinho, se recostou em seu assento e olhou para mim: "E você? O que te trouxe ao Reino Unido?" Expliquei algo sobre meu trabalho na WorldTrans. Sim, eu conhecia Londres porque já havia morado lá. Não, não tinha nenhum amigo daquela época. Não, não sabia se voltaria para a Espanha. Sim, depois do confinamento eu tinha vontade de morar de novo no exterior.

Olhei para Bo e compreendi que minha presença não só havia acabado com a intimidade dos dois, como seguia adiando o relato de seu antigo professor. Mas Terry continuava fazendo perguntas e parecia ansioso para dar opiniões e conselhos. Um homem projetado inteiramente para fora. É possível que se sentisse triste e supérfluo quando estivesse sozinho. Talvez por isso fosse professor, desse palestras e lesse seu livro em voz alta.

— Antes da pandemia eu estava num relacionamento e, quando acabou e as viagens voltaram a ser possíveis, quis mudar de ares, então, quando arrumei um trabalho em Londres, fui embora de Madri — falei.

— E Edimburgo?

— Tenho que passar cinco dias no escritório da Escócia. Desde que comecei esse trabalho, toda última semana do mês estou lá com a equipe da WorldTrans Edimburgo. É parte do meu contrato.

— Que chatice. Não está cansada de fazer essa viagem todo mês?

Talvez Terry fosse uma daquelas pessoas que tendem a fazer perguntas negativas. "Não está bem?", "Preferia que eu não tivesse te dito aquilo?", "Imagino que você não estava esperando o que aconteceu, né?" Ao indagar com essa fórmula, pressupõe-se uma angústia no outro. Em geral, quem faz perguntas assim costuma recusar uma resposta contrária à que está tentando provocar: "Sim, tudo bem, não fiquei incomodado com o que você disse." "Tem certeza? Tive a impressão de que você se afetou..." Suponho que qualquer um esteja sujeito a isso, mas, de modo geral, o perguntador negativo padrão é um homem convencido, por um lado, da sua sensibilidade em perceber o que os outros deixam escapar e, por outro, da sua capacidade de amenizar o desconforto de quem ele tenta arrancar confidências.

— Na verdade não cansa tanto. Gosto da rotina de passar uma semana fora. E aos poucos estou conhecendo Edimburgo.

Toda história esconde sempre mais informações do que revela, e o breve resumo da minha estadia britânica mal arranhava a superfície. Mas contar é sempre calar. O que Terry e Bo calavam? O que eles eram, além do que aparentavam ser?

Os tempos em que professores e alunos se apaixonavam e se casavam ao terminar o último ano de graduação ficaram para trás. As regras a respeito de relacionamentos entre aqueles que têm poder de decisão e aqueles sobre os quais se decide se intensificaram. Mas não seria todo relacionamento um ato de responsabilidade para com o outro? Não há sempre alguém com potencial para destruir a outra pessoa? Não somos todos esse alguém? Daniel e eu não estávamos na mesma faculdade. Eu poderia tê-lo conhecido em um bar e, coincidentemente, ele ser professor em uma grande universidade onde eu também estudava. Outro campus. Outra disciplina. Poderíamos ser dois estranhos sem nenhuma conexão que por acaso são professor e aluno. Também poderia ser (como de fato foi) que estivéssemos conectados pela universidade e que eu fosse (como era o caso) a aluna de mestrado de um amigo próximo de Daniel.

Nós nos conhecemos por acaso após o acidente de moto que meu professor e orientador, Arturo Belando, sofreu. Belando e eu nos reuníamos toda semana para conversar sobre minha dissertação. Naquele dia ele estava atrasado e me telefonou para avisar. Quando o motorista de um conversível o atropelou, eu era a última pessoa cujo número ele havia discado, então os paramédicos me ligaram para passar todas as informações sobre algo que não me dizia respeito, mas que, por obra do acaso, tornou-se parte da minha história. Fui até o hospital sem saber quem contatar, nem quem eram seus amigos ou seus pais, ou mesmo se ele tinha algum. Até aquele momento, a relação com Belando havia sido apenas cordial, com base no respeito de ambos pelo tema da minha dissertação. Por isso, no dia em que cheguei ao hospital após o acidente, senti que estava me intrometendo na sua vida de um jeito que ele jamais teria permitido, se estivesse consciente.

Minha dissertação era tanto prática quanto teórica: consistia na tradução para o espanhol de uma seleta de poemas modernistas norte-americanos. Mas era uma tradução comentada, isto é, seria acompanhada de uma reflexão sobre as expressões idiomáticas e os desafios apresentados pelas imagens, omissões, rima e ritmo nos versos de Robert Frost, William Carlos Williams, Hilda Doolittle, Sylvia Plath, e. e. cummings, entre outros. A ideia era trabalhar aqueles versos para que existissem com ritmo e beleza semelhantes em castelhano e analisar o que havia se perdido, ganhado ou alterado na versão em espanhol. Alguns dos poemas já estavam traduzidos, outros não; quando já havia uma tradução, eu tinha de compará-la com a minha e justificar minhas escolhas linguísticas em relação às do texto publicado.

Depois de terminar aquele mestrado, fiz outros trabalhos de tradução de ordem mais prática, mas eram serviços por encomenda que eu esquecia logo que entregava. Aqueles poemas, por outro lado, tornaram-se uma espécie de lente lírica para a realidade.

Em meus anos como estudante, tive professores com quem desenvolvi um relacionamento próximo. É difícil não se sentir especial quando você é selecionada entre a multidão. Mas sempre que a incipiente amizade começava a ser forjada, eu acabava entrevendo o tédio daqueles professores, que se cansavam de quem esperava continuar aprendendo com eles fora da sala de aula. No caso dos que não se entediavam, geralmente era pior, pois dava para intuir a angústia de quem tem a necessidade de ser sempre ouvido. De qualquer forma, o equilíbrio que mantinha essa delicada relação estava sempre prestes a se quebrar.

O professor Belando era um grande tradutor e um professor excelente, cuja paixão pelos textos tornava difícil imaginá-lo em outras facetas de sua vida. Talvez fosse um grande amigo ou um amante generoso, mas era um homem extremamente tímido, com uma existência que parecia definida pela sua pesquisa. Em parte, foi por isso que o escolhi como orientador da minha dissertação. Porque ele era brilhante, mas, também, porque era reservado e solitário.

Uma tarde de setembro, depois de um mês internado no hospital, passei para vê-lo antes de lhe darem alta. Durante aquelas quatro semanas eu tinha ido várias vezes depois da visita inicial e, como resultado, uma tímida amizade nasceu entre nós. Embora falássemos apenas sobre meus pequenos progressos na dissertação, fazer isso enquanto ele tomava suco de abacaxi na cama conferia à situação uma nova familiaridade.

Naquele último dia, Daniel estava lá. Eu o vi pela primeira vez de costas, ao me aproximar da janelinha da porta do quarto. Estava sentado em frente à cama de Arturo, as mangas da camisa arregaçadas, o pescoço largo e moreno, inclinado para a frente e gesticulando, possivelmente relembrando ou representando alguma cena do passado para o amigo. Ouvi a risada de Arturo. Quando entrei, Daniel se virou para mim e no seu olhar pude intuir uma pergunta e um sorriso. Pedi desculpas por interromper. Eles me convidaram a entrar, falamos sobre a melhora de Arturo, sobre seu retorno para casa no dia seguinte e, quando desci no elevador, não estava mais sozinha. Daniel saiu do quarto comigo e me convidou para sentar em um bar próximo assim que as portas do hospital se fecharam.

Ele morava há anos em Madri, mas era portenho. Um homem atraente e falante, com uma curiosidade superficial pelos outros, talvez hiperativo. Era inteligente e tinha um senso de humor aguçado e ególatra. Teria sido um excelente vendedor, porque seria difícil não comprar o que ele estivesse vendendo. Muitas vezes sua mercadoria era ele mesmo: sua vontade de viver, seus interesses. Era amigo de Belando desde a infância, que passaram juntos em Buenos Aires, para onde o pai de Arturo fora transferido mais de trinta anos atrás. Era difícil imaginar dois homens mais diferentes, mas às vezes é assim que são as amizades de infância: laços que existem com pessoas que, se conhecêssemos adultas, talvez odiássemos, mas que fazem parte da nossa história.

A princípio, Daniel e eu não tínhamos nada a esconder. Ele era professor no Departamento de Botânica da Faculdade de Biologia. Eu cursava meu mestrado entre a Faculdade de Filologia Inglesa e a de Tradução. Tínhamos apenas dez anos de diferença. Porém, Arturo pedia toda a discrição possível. Ele era o elo, então nossa relação também dizia algo sobre ele, e não era o que ele teria escolhido dizer. Eu era sua aluna; estava lá para aprender sob sua orientação, portanto, ele era responsável por mim naquele contexto, mas seu amigo tinha se intrometido no meu caminho. Isso também aconteceu *por causa* dele, mas essa responsabilidade ele já não podia assumir. Embora escolhesse as palavras com cuidado, Arturo condenava a expansividade de Daniel, seu atrevimento, a maneira como sempre dava um jeito de satisfazer suas necessidades.

E, naqueles dias, eu era uma de suas necessidades mais urgentes. Logo comecei a passar muitas noites no seu pequeno apartamento em Malasaña, janelas abertas para a sacada e conversas noturnas num chão repleto de discos de vinil, copos e roupa íntima. Guardo imagens como fotografias instantâneas daquelas madrugadas. Só podem ter sido inventadas pela minha memória, pois sempre me vejo com ele, como nos veria um olho de fora com vista panorâmica. Um instante de felicidade com uma perspectiva impossível, que desmorona se for tocado.

Daniel tinha mais responsabilidade sobre mim por eu ser mais nova? Por eu ser aluna e ele professor? Mesmo que eu não fosse *sua* aluna, nem ele *meu* professor?

Contei apenas uma parte de tudo isso aos meus companheiros de viagem. Terry mal havia alterado seu meio-sorriso: com ele, parecia indicar que eu estava lhe contando a história mais antiga do mundo, que tudo já havia acontecido antes; talvez ele próprio tivesse experimentado aquilo, talvez ao longo de suas muitas vidas.

— Sempre pensei que os relacionamentos se baseiam em uma pessoa querer algo e a outra levar um tempo para lhe dar. Tudo depende desse tempo: a corda que mantém a tensão pode se soltar ou se romper se não for medida com precisão. — Terry profetizou isso sem olhar para mim, e presumi que estivesse falando de si próprio.

É verdade que eu queria algo de Daniel. E imagino que uma viagem prematura tenha tensionado demais a corda. Um trem. Um avião. Quando nos deslocamos, tudo se acelera na velocidade em que viajamos. Para qualquer destino, embora alguns empurrem mais para o abismo do que outros.

Daniel estudava duas espécies de árvores endêmicas de Socotra, a ilha situada no sudeste do Iêmen.

O que procura o viajante que chega a um dos lugares mais improváveis do planeta? A versão terrena do Éden? Um paraíso distante das regras do continente? Abraçada pelo mar, Socotra é o ponto culminante onde a beleza e a inclemência se encontram, um território imaginado por um louco com consciência estética. As ilhas são "o reino paradisíaco destinado aos sortudos ou aos bem-aventurados", mas o paraíso, como Gertrude Stein disse a Robert Graves, também pode ser insuportável. "Será que as ilhas, como a Esquéria dos feácios, são lugares onde o viajante não deve permanecer, nem mesmo ficar mais do que o necessário, para poder preservá-los para sempre na memória como espaços ideais?" Muitas vezes me perguntei se tudo teria sido diferente se eu tivesse permanecido lá pelo tempo certo; o tempo certo, a palavra certa — mas sempre permanecemos por mais tempo e dizemos mais palavras quando buscamos a certa.

Socotra é um território rochoso e acidentado, ao mesmo tempo que prodigioso, impossível de ignorar para aqueles bem-aventurados que chegam à sua costa. Como quem não consegue tirar os olhos do sol, sabendo que isso pode lhe custar a retina, sua beleza é sublime, quase perniciosa.

Alguém pode se perguntar como Daniel chegou àquele local e a se especializar naquelas árvores. Mas como um herpetólogo belga acaba se especializando em um lagarto endêmico de uma ilhota pontiaguda dos Açores à qual só se pode chegar escalando? Como um filósofo tcheco acaba se dedicando ao estudo dos matizes do termo grego *physis* nos diálogos de Platão? Como uma historiadora de arte sueca acaba sabendo tudo sobre os elementos barrocos da arquitetura modernista italiana, ou uma arqueóloga argentina, conhecendo cada detalhe da cultura calcolítica de Los Millares? O mundo acadêmico está cheio de malucos especialistas em temas tão técnicos que parece impossível que não sejam os únicos experts no assunto. Quantos mais podem existir? Na verdade, inúmeros; muitos outros malucos também estão estudando o lagarto da ilhota pontiaguda, o destino da natureza no mundo platônico, a mesma bugiganga barroca e aqueles áridos sítios arqueológicos de Almeria.

O entusiasmo com que Daniel falava sobre aquelas árvores era contagiante; seus braços fortes sempre em movimento quando ele contava as peripécias na ilha. Não era difícil imaginá-lo negociando com algum habitante de Socotra para que o levasse às montanhas de granito, às chapadas de rocha calcária, às florestas pré-históricas pontilhadas de árvores extraterrestres; não era difícil imaginá-lo puxando conversa com aquele homem, e que nascesse entre eles uma amizade nutrida por uma admiração mútua. Saleh fora seu guia em viagens anteriores à ilha e novamente em fevereiro de 2020, quando eu os acompanhei.

O nome original de Socotra, Dvipa Sukhadhara, vem do sânscrito, "a ilha da felicidade", e isso é o que dizem sobre as ilhas, que são lugares semelhantes à felicidade, enclaves remotos acompanhados de mitos e lendas sobre os poderes mágicos que sua flora intacta possui. Lá estavam as árvores-pepino que Daniel estudava, *Dendrosicyos socotrana*, assim como *Dracaena cinnabari*, a árvore de sangue de dragão. O mito conta que a lendária árvore e sua espessa resina vermelha brotaram quando um dragão foi morto e seu sangue se espalhou por toda parte, permanecendo desde então preso na superfície inquebrável da ilha da felicidade.

Não eram muitos os especialistas que continuaram desembarcando na costa de Socotra para estudar aquelas árvores de conto de fadas. Chegar à ilha se tornara uma odisseia de vistos e empecilhos burocráticos cuja logística havia piorado desde o início da guerra civil no Iêmen, em 2014. Tanto o conflito quanto as mudanças climáticas haviam causado estragos em território socotri. Naquele momento, o turismo era quase inexistente: apenas algumas missões humanitárias obtinham autorização, e a de Daniel não era uma delas. Devido ao seu difícil acesso por motivos geopolíticos, a ilha também havia ficado à margem do desenvolvimento econômico, o que limitava o acesso à água, ao saneamento e à educação por parte de seus habitantes; uma realidade incômoda de observar e fácil de ignorar por aqueles que ali chegavam em busca do paraíso.

A ilha resistia bravamente a receber visitantes. Por isso, quando Daniel conseguiu uma autorização especial como botânico, por meio da organização Solidariedade Sem Fronteiras, não hesitou em adiar todo o resto para partir rumo a Socotra. Duas semanas antes da partida, foi informado de que uma das assistentes do projeto havia desistido. Seria mais simples substituir essa baixa por outra pessoa do que alterar o número de autorizações. Por acaso ele conhecia alguém que pudesse ir e ajudar nas longas jornadas de coleta de amostras? Em pleno sol, por horas, sem água corrente? Essa foi a proposta que ele me fez numa tarde de domingo de janeiro, enquanto eu trabalhava num capítulo da minha dissertação.

Jules Renard dizia que a vida é curta, mas o tédio torna-a mais longa. E as tardes de domingo, que se estendem para aqueles que mais temem a chegada da segunda-feira, fazem parte do imaginário mais arraigado do tédio. Eu me limitaria a vivenciar a natureza por meio de descrições poéticas ou encararia sua intensidade, sua efemeridade? Quanto tempo duraria nossa fase áurea? Quando foi que o Éden afundou na dor?

Nature's first green is gold,
Her hardest hue to hold.
Her early leaf's a flower;
But only so an hour.
Then leaf subsides to leaf.

So Eden sank to grief,
So dawn goes down to day.
*Nothing gold can stay.**

Antes da noite do trem, eu não tinha falado com ninguém sobre Socotra. Tudo o que coloquei entre os fatos e o relato (tempo, terra) foi condensado ao invocar a história, que revivi como se o presente e o trem não mais estivessem ao meu redor. É verdade que todo mal sempre volta: o que na minha lembrança era intangível, como o espectro de um passado indistinto, naquele momento ocupava um espaço feito de palavras corpóreas. Com o relato, eu invocara as formas impossíveis, as lendas dos espíritos *yinn*, que assumiam aparência de planta na ilha. Não se devia importuná-los depois de chegar ali, à mais improvável de minhas vidas.

O que teria acontecido durante aquelas semanas em Socotra se não tivesse conjeturado imagens de comunhão entre Daniel e mim, entre nós e o paraíso terreno? O lado mais supersticioso da intuição nos alerta que

---

* Na mata bem cedo o verde é dourado,/ Seu tom mais profundo preservado./ Sua folha essencial aflora,/ Mas só por uma hora./ Então a flor se reduz a flor./ Assim o Éden afundou na dor./ Assim por fim o dia amanhece./ Nada que é dourado permanece. (*N. da T.*)

a realidade com certeza não será capaz de reproduzir uma situação previamente imaginada. Por isso, acho que devemos evitar augurar o melhor dos cenários, caso haja alguma chance de ele acontecer. Melhor imaginar desgraças para assim espantá-las.

Foram dias de exaustão e imundície, de comer mal e trabalhar. Eu não era boa como assistente de pesquisa, nem como amante voraz, e já não sabia como acariciar seu ego. Eu me lembro de nós atravessando montanhas de granito, carregando o material de campo, os equipamentos fotográficos e apetrechos de acampamento, tudo nas costas, o silêncio árido e rochoso. Daniel notava em mim a exasperação de quem que sabe que está atrapalhando, vivendo uma vida que não é a sua. Nada saía como o planejado, ele cada vez mais irascível; com frequência demorávamos muito mais do que o previsto para chegar a cada destino e, quando conseguíamos, era sempre encharcados de um suor que nunca nos abandonou desde o momento em que entramos na atmosfera porosa da ilha. E era por esses poros que ia escorrendo o entusiasmo com que ele me convidara para aquela aventura.

Descobri o que eu já deveria saber: que nem Socotra era um cenário de ficção, nem Daniel um personagem;

que ambos estavam insuflados pela realidade, e que é mais difícil engolir aquilo que não é quimérico, especialmente quando é espinhoso ou cáustico, quando está muito seco e fica preso na garganta.

Não escondi todas essas informações de Terry e Bo, mas também não contei tudo abertamente. Ao relembrar aqueles dias não tão distantes, também recordava momentos de harmonia. Eu já tinha afastado as cenas idílicas, mas havia imagens desconhecidas que não poderia ter previsto, como o prazer dos dias em que as nuvens encobriam tudo e davam uma trégua do sol; em que quase não havia diferença entre a textura do mar e a da atmosfera, naquelas tardes líquidas. Nós entrávamos na água com a sensação de não estar mudando de elemento, mas de nos envolvermos em um ar mais viscoso e, ao mesmo tempo, mais leve. Bolhas flutuando na superfície de um mar profundo.

— Se importa se eu procurar no mapa onde fica essa ilha? — perguntou Bo, celular na mão.

Que aparência teria a orla infinita na mente dos meus companheiros de viagem? Bo mostrou a tela do telefone para Terry, que a ignorou e olhou para mim.

— O que você estava pensando quando resolveu ir com seu namoradinho até o fim do mundo sem saber o que te esperava? Uma ilha no meio do nada! — continuou Terry. — O que faria se tivesse ficado doente ou torcido um tornozelo? Parece que você teve sorte, ainda bem! Mas, afinal, o que aconteceu naquela ilha?

Aconteceu que estávamos perseguindo uma ilusão. E aconteceu também que, no meio da noite, Daniel saiu sorrateiramente da barraca e partiu rumo à capital, me deixando sozinha diante de uma praia imensa por onde entrava o oceano Índico.

II

Quando Rocco se aproximou de mim, achei-o extremamente jovem.

— Você toma chá gelado? — perguntou com um gesto de desaprovação, apontando para o copo. — Vou pedir um Long Island Iced Tea para você, o único chá que vale a pena tomar — disse isso com a empolgação de muitos jovens quando falam de álcool, um resquício dos dias, ainda não muito distantes, em que beber era algo proibido para eles. A mistura explosiva de bebidas alcoólicas em um Long Island aumentaria minha sonolência vespertina, mas concordei.

Com a promessa de embriaguez já em mãos, Rocco estava brindando no ar quando percebeu que não tinha guardado meu nome; refresquei sua memória. Ele não gostava de beber com estranhos e agora não éramos mais, observou.

Naquela tarde, descobri que ele tinha vinte e dois anos e que estava morando na cidade há um tempo indefinido. Perguntou mais do que dividiu sobre si próprio, mas meus dias passavam de um jeito monótono e não havia muito o que contar: eu tentava escrever durante o dia e, à noite, jantava sozinho em casa, geralmente cereais na frente do computador; as únicas testemunhas daquela existência eram os mascotes-propaganda dos flocos de milho: tigres sorridentes se preparando para competir, macacos ambiciosos que não ficavam tontos com cipós. Noites solitárias de grãos processados e luz azulada.

À medida que outros Long Islands chegavam, Rocco me perguntou sobre o passado e contei a ele do meu relacionamento com Cynthia, de como se arrastou por tempo demais, do nosso futuro incerto enquanto estivemos juntos. Acho que me lembro de ter falado também sobre Maddie. Sempre Maddie e sua vida, sobre a qual eu sabia cada vez menos.

Rocco parecia uma página em branco, um grande conversador sem ser: estimulava o papo e as confidências, mas não dividia quase nada sobre sua própria situação. Não parecia viver em Nova York dominado pelo seu cenário de ficção. Seus olhos tinham algo de janela para um interior diáfano, sem estruturas ou andaimes. Um olhar leve, sem mobília, como os primeiros apartamentos onde moramos.

O sol desceu e desceram vários Long Islands no Timbernotes. Quando eu quis olhar as horas, estávamos um pouco mais ao norte, numa mesa grande da Bond Street Brewery, cercados de um grupo barulhento de jovens na despedida de solteiro de um deles. Como acontece nas noites longas, pessoas aleatórias foram se juntando a nós e depois as perdemos de vista. Rocco contava histórias sem importância, mas com lábia.

Havia se sentado à mesa comunitária e colocara os pés no banco que, a princípio, era para se sentar. Começou a falar de Mercury Bragg, o famoso comediante de Hollywood cujo físico lastimável lhe privara do merecido reconhecimento. "Nem é tão engraçado assim", diziam sobre ele. "É apenas muito feio." E assim, parecia que sua falta de graça havia lhe custado o reconhecimento.

Rocco disse que, quando era criança, sua mãe trabalhava como figurinista de cinema e que, numa viagem em que teve de acompanhá-la, conheceu o famoso Bragg. Descobriu que entre suas excentricidades estava seu animal de estimação, um furão de focinho pontudo e aparência assustadiça que zanzava freneticamente pelo set. Como costuma acontecer com os comediantes, Bragg era muito mal-humorado fora das telas e ficou furioso ao saber que os cuidadores de Miffy, o furão, não tinham aparecido. Recusava-se a deixá-lo com alguém que não o tratasse com o devido tato, e todos entenderam que nada prosseguiria até que Miffy estivesse em boas mãos. O garoto, entediado com holofotes e longas esperas, se ofereceu para cuidar dele. Bragg percebeu que aquele moleque não cuidaria do animalzinho pela fama ou pelo dinheiro do seu dono, mas porque era uma criança entediada e ávida por companhia.

Anos depois, disse ter visto uma entrevista em que perguntavam a Bragg se ele tinha animais de estimação, ao que ele respondeu que cresceu com um labrador e não teve tempo de aproveitar outra companhia animal desde então. Rocco não entendeu por que havia omitido a existência do furão que ele tanto adorava. Sentiria vergonha? Ao ouvir aquela resposta, disse, mudou de canal e perdeu a simpatia que cultivava em silêncio por ele desde aquele encontro na infância.

Embora na época eu ainda não soubesse, muitas das histórias que ele contava eram assim. Não costumavam ser relevantes nem estar relacionadas a nada. Sempre suspeitei de que quem narra dessa maneira esteja fugindo de uma história que procura não invocar.

Em dado momento da noite, senti aquela fome voraz que bate quando faz horas que você só ingere álcool. Caminhamos em sentido leste e entramos no Il Trucco, o pequeno restaurante que já foi cenário de filme em diversas ocasiões. Não se pode cruzar muitas ruas na região vizinha ao Bowery sem seguir os passos cinematográficos de dezenas de personagens. Era um lugar intimista e despretensioso, ou apenas despretensioso como costumam ser os lugares em Nova York, isto é, cheio de pretensões, porém ocultas atrás de uma fachada decrépita. Il Trucco era uma mistura americana de espanhol e italiano: no menu, havia *paella* com lagosta e sanduíches *bikini*, mas também *pancetta di maiale* ou *zuppa*. Na hora da fome, não importa muito a miscelânea de culturas, por isso devoramos massas e arrozes antes de chegarmos ao Whisky Bond, uma espelunca bem mais decadente, onde pai nenhum gostaria de ver suas filhas. Fiquei feliz por não ser um deles nem ter que cuidar de ninguém.

Rocco aceitara de bom grado tanto Long Islands quanto carboidratos. Com algumas pessoas você briga pela conta ou decide dividi-la, por outro lado, com outras é natural pagar ou deixar que elas paguem. Parece um gesto inocente, mas todo convite é uma declaração de alguma coisa.

Bebemos uísques em silêncio. Vi que ele tinha uma pequena tatuagem na parte interna do punho esquerdo. O que significa ficar fascinado por alguém? O que acarreta a força centrífuga da obsessão? É possível que o que nos cativa não seja a pessoa, mas o que ela consegue intuir dentro de nós. Rocco era uma espécie de tela de pintura, uma ideia em potencial. Sem ego aparente, ele ouvia, ria e prestava atenção nas vidas de Miffy e Bragg. Estar com ele era estar sozinho sem estar; ter uma testemunha da existência que segurava um espelho generoso sem impor o fardo de sua presença.

Imagino que a mistura entre o estado de embriaguez, a confusão mental e o bem-estar que aquele estranho provocava em mim tenha sido a causa do que veio depois. Estávamos sentados em pufes meio murchos, apoiados em uma parede fria de ladrilho; a ideia de se levantar de algo tão próximo do chão retardava o movimento. Da nossa perspectiva, dava para ver as garçonetes indo e vindo vestidas com uniformes góticos sexualizados, tule e cetim preto, *spikes* que saíam de lugares inesperados, relances de cintas-ligas. Uma mesa alta cheia de copos vazios erguia-se entre nós dois. Afundado em seu pufe e com os olhos apenas entreabertos, Rocco segurava um último copo de uísque aguado. Seu olhar sutil não revelava se ele havia reparado nas cintas-ligas de cabaré.

— Rocco, onde você mora? — eu me ouvi perguntando.

Eu não tinha tomado nenhuma decisão, mas tinha iniciado algo. A língua é sempre mais rápida que o cérebro, e assim muitas promessas são feitas sem nenhuma chance de serem cumpridas.

— Depende — disse ele. E achei que estava sendo sincero.

— Tenho um quarto livre no meu apartamento. Não estamos muito longe. Pode ir vê-lo e, se gostar, alugo para você.

Me levantei na direção dele e senti a gravidade zero na cabeça; quantos uísques havia tomado? Perdi o equilíbrio por um instante, mas o chão estava muito próximo. Rocco me segurou pelo braço.

— Como você vai sair desse pufe, que na verdade é uma armadilha? — disse, soltando meu braço enquanto esboçava um sorriso. — Vou pedir a saideira e depois vamos para sua casa.

Como acredito que costuma acontecer nas viagens noturnas, havíamos feito uma longa parada esperando outro trem passar. Cercados pela escuridão lá fora, Terry fez sinal para o garçom nos trazer mais vinho. Talvez intuísse que sem ele eu não retomaria meu relato, ou que não partiríamos novamente. Quando a garrafa chegou, ele nos serviu depressa e olhou para mim estendendo a palma da mão para cima, concedendo a palavra para que eu continuasse minha história.

— Como no caso das aeromoças presas na esteira, no final não aconteceu muito mais. Saí da ilha, como imagino que elas saíram da esteira — falei, dando de ombros.

Ele me entregou uma taça de vinho, cheia como ninguém do meu país jamais teria enchido.

— Sair, o importante é sair... e se possível ileso, é só isso que conta. Tenho que fazer uma ligação, então vou aproveitar a parada do trem — disse Terry, olhando para o telefone enquanto se levantava.

Quando Bo e eu ficamos sozinhos, sorrimos um para o outro e ele encolheu os ombros num gesto que imitei instintivamente. Era um "pois é", um "aqui estamos".

Embora meu próprio relato tivesse me levado temporariamente de volta ao passado, o presente sempre impera. É verdade que eu sentira Daniel sentado ao meu lado naquela noite, mas ele estava imóvel e não pôde competir com a umidade da atmosfera que minha pele sentia, nem com a história de Terry, que avançava através da escuridão.

Bo tirou os óculos e limpou-os com a camiseta branca que puxou por debaixo do suéter. Colocou-os de volta e olhou para mim depois de piscar várias vezes.

— Quer sair para esticar as pernas enquanto Terry fala no telefone?

— Sim, por que não?

Caminhamos na direção oposta à de seu professor, que dava passos distraídos enquanto falava. Ele notou que havíamos levantado e gesticulou indicando que ficaria de olho na nossa mesa. Ao nos afastarmos, tive a impressão de que ele não parava de nos observar; dá para sentir os olhos às nossas costas, como sentimos que alguém sorri, mesmo que esteja atrás de nós.

Percorremos vários vagões em silêncio. Bo usava um suéter preto largo e desbotado e, ainda que não houvesse vestígio dela, eu sabia que ali embaixo estava a camiseta branca de algodão. Imaginei que tivesse gola em V, dessas compradas em pacotes de três e que são meio cafonas em comparação com as de gola redonda. Quando não conseguimos mais prosseguir, ele se virou e me indicou a porta de saída. Sob os óculos de aro grosso, olhos cor de mel que certamente ficariam mais claros ao sol.

— O que acha de descermos até a plataforma? O trem não vai partir sem avisar. Teremos tempo de subir se não formos muito longe.

Fomos em direção à estação, onde nem a sala de espera, nem a banca de jornal estavam abertas. À direita, havia um canteiro de obras no qual entramos e, uma vez cercados de máquinas pavimentadoras e montes de terra, subimos uma pequena montanha de areia escura e nos sentamos no topo dela.

Não estava chovendo, mas aquela sensação de umidade deixada pela precipitação continuava, como um orvalho suspenso no ar — o nada a que se referia o *ling*, cujo rastro não escapa à nossa pele ou ao nosso olfato. Não seria quase toda ausência fruto de nem sempre ter sido? Alguém que vai embora, algo que nos abandona; mesmo a morte, que poderia parecer o nada mais absoluto de todos, é a que deixa mais rastro atrás de si, a mais sentida por aqueles que ficam. A escuridão noturna da ilha também tinha algo de *ling*; nunca era total. A luz do dia muitas vezes parecia permanecer suspensa, se arrastando preguiçosa na hora de se ausentar.

— Você sabe com quem Terry está falando? — perguntei.

— Pelo horário, imagino que seja com alguém nos Estados Unidos. Talvez algum jornalista — disse. — Ele fica angustiado de responder às perguntas deles, e acho que também tem medo de não sair impune de tudo isso. Não é só que seu romance tenha se tornado uma forma de especular sobre sua vida e a de Hans: acho que Terry teme pelo que possa acontecer com ele.

— Mas o que foi que ele escreveu para ter medo do que possa acontecer com ele? Você está completamente envolvido nessa história toda e nesse escândalo, como vocês mesmos chamam. É isso que você faz? Seguir seu professor como um *groupie* ou um guarda-costas? — Eu não estava falando sério. A simples ideia de Bo como um guarda-costas era risível, mas ele não achou muita graça.

— Não sou *groupie* dele e Terry sabe se cuidar sozinho. Mas é verdade que ele está muito isolado desde a publicação do romance e que eu tenho muitos motivos para ficar ao seu lado.

— Como quais?

— Terry é um pensador original e sensível que ainda acredita que a literatura pode abrir uma ferida, mas também é capaz de cicatrizá-la. Tive uma sorte imensa de ter aulas com ele por um ano; eu nunca havia tido um professor assim. Então, foi meu orientador no doutorado, e depois os meios de comunicação caíram em cima dele com a publicação de *Rocco*. A história de ficção desencadeou ataques contra sua integridade como professor e escritor. Dependendo de como tudo se desenrolar, seu trabalho na universidade estará em risco e, se ele for expulso, será impossível conseguir outro emprego. Pelo menos aqui na Europa ele foi convidado para lançar o livro em francês e dar uma palestra em Edimburgo. Grande parte da culpa é de Donovan Seymour, o repórter da *New Yorker* que alegou que o personagem de Rocco era o próprio Hans, e que Terry se aproveitou dele e o explorou para seu romance, como se ele fosse responsável pelo que aconteceu depois da publicação de *Rocco*.

Todas as versões de uma história coexistem, como as cores de um cubo mágico. Cada versão, assim como cada cor, pode existir por si só, mas as outras estão ali, fora do nosso campo de visão, e é difícil encaixar todas elas. Seria mais fácil se houvesse apenas uma e não dependesse de nenhuma outra para completar o cubo. A história de Bo, que parecia ser a de Terry, poderia ser uma dessas faces, mas havia outras cores com as quais talvez não se encaixasse. Qual seria a versão de Hans?

— E o que é que você tem a ver com tudo isso? — perguntei a Bo.

— Nada. Não é minha história, mas Terry é meu amigo, além de meu mentor, e não vou abandoná-lo agora.

— Muito nobre. E, como você não conhecia Hans, será fácil ser leal a Terry.

— Claro que eu conhecia Hans — disse.

— Ah, é? E como ele era?

— Hans? Tímido. E também gentil. Era suíço; a família dele morava numa cidadezinha próxima a Genebra. Um rapaz afável, com uma espécie de apatia em seu temperamento. Era ator e tentava ganhar a vida com a profissão. Ao lado dele, Terry agia como alguém que chegou ao lugar certo depois de dar muitos passos em diferentes direções. A verdade é que ele o adorava, mas eu nunca entendi seu fascínio por Hans.

Ao dizer isso, olhou nos meus olhos através de seus óculos de aro grosso. Até aquele momento, nós dois estávamos olhando para a frente, os braços ao redor dos joelhos. "Mas coitado do Hans", disse para si como um sussurro, embora eu imagine que ciente de que eu ouviria. Olhou para mim de novo, antecipando minha pergunta, e mudou de assunto sem querer seguir por onde intuiu que o levaria:

— Nunca considerou a possibilidade de Daniel te deixar sozinha naquela ilha?

Não respondi.

Na noite anterior à sua partida, tivemos uma discussão surpreendentemente franca e desagradável: ele, cansado de se incomodar comigo como um peso a mais nas costas; eu, farta de sua irritação e seu jeito ríspido. Mas, embora seja difícil conciliá-las, as verdades coexistem como as faces de um cubo mágico, e eu nunca cheguei a conhecer a versão de Daniel.

Posso me ver abrindo o zíper da barraca, botando a cabeça para fora e olhando ao redor. Naquele momento, tive duas certezas: Daniel não podia ter me deixado sozinha ali, terminando um relacionamento como quem joga uma bomba, e ao mesmo tempo, eu sabia com absoluta certeza que Daniel não estava mais ali. Que eu poderia gritar seu nome ou me desesperar diante da imensa solidão da praia, e que Daniel não responderia porque não estava mais lá. A primeira verdade é sustentada pelo bom senso e pela esperança: "é impossível que isso tenha acontecido", "ele não pode ter ido embora". A segunda se baseia naquilo que sabemos além da consciência. Nós sentimos quando alguém cometeu a maior das maldades. Ah, não esperávamos por aquilo, jamais teríamos imaginado, e no entanto, nosso corpo já sabia, nosso *gut*, como dizem em inglês, ou seja, nossas entranhas. "*I felt it in my gut*", dizem, "senti isso no estômago", o lugar recôndito que a consciência não alcança, mas que sabe, porque sempre soube.

Estava amanhecendo e o mar esbranquiçado se juntava com o branco do céu, ambos separados por uma faixa cor de fogo da qual emanava uma luz púrpura. Será que eu morreria de fome? De sede? Ficaria irremediavelmente perdida por não ter sinal, apenas um mapa de papel? Uma vez perdida, o calor acabaria comigo? Algum animal? Pelo que li, não havia muitos, além de répteis mansos, e as aves seriam inofensivas desde que eu pudesse me defender.

Talvez devido a um medo irracional (a situação não era comparável), eu me lembrei daquela imagem assustadora do fotojornalista sul-africano Kevin Carter, que lhe valeu o prêmio Pulitzer e deu origem a uma polêmica moral insolúvel que acabou custando sua vida nos anos noventa: a foto que mostrava a fome e o desamparo da menina sudanesa observada por um enorme urubu à sua espera, a uma distância tão prudente quanto ameaçadora. Mas aquela menina nasceu num Sudão assolado pela guerra civil e pela escassez, e eu, embora não tivesse feito nada para merecer isso, tinha sido afortunada na vida. "Por que algumas pessoas têm mais sorte do que outras? Não sei a resposta para essa pergunta." O que eu sabia era que devia ter sido mais cuidadosa, que não deveria ter viajado para um território que concebi apenas como um cenário de ficção com alguém que não passava de uma miragem borrada.

Eu tinha lido que, em momentos de perigo, pouco antes de o corpo secretar adrenalina suficiente para pensar com a maior clareza de que um ser humano é capaz, a pessoa pode sentir sua sanidade abandonando-a por um instante. Daniel era real ou tinha sido inventado pela minha cabeça? Eu teria alguma chance de encontrar o caminho de volta? Fechei os olhos com força. Estava rodeada de vida ou já era a morte?

I fancied you'd return the way you said,
But I grow old and I forget your name.
(I think I made you up inside my head.)

I should have loved a thunderbird instead;
At least when spring comes they roar back again.
I shut my eyes and all the world drops dead.
*(I think I made you up inside my head.)**

— Nem imagino o calvário que você deve ter passado para sair daquela ilha — disse Bo com ar tranquilo. — E também não sei o que Hans deve ter sofrido quando Terry publicou *Rocco*.

Sim. No final das histórias, pensei, sempre nos perguntamos como parte do sofrimento poderia ter sido poupado daqueles que as viveram, mas não falei nada.

---

* Fantasiei que voltarias como foi tua promessa,/ Mas envelheci e esqueci teu nome./ (Acho que te inventei na minha cabeça.)// Em vez de ti, devia ter amado o pássaro do trovão;/ Que pelo menos volta a rugir quando a primavera regressa./ Fecho os olhos e o mundo inteiro cessa./ (Acho que te inventei na minha cabeça.) (*N. da T.*)

Naquele momento, o trem fez barulho e olhamos em direção à plataforma. Não havia passado o outro, que presumi que estávamos esperando, mas talvez fosse a hora de seguir em frente de qualquer maneira. Descemos escorregando pelo banco de areia e corremos até os trilhos. Terry agitava o braço por uma janelinha. Ao chegar à porta do vagão, Bo parou abruptamente para que eu subisse antes dele. Caminhamos pelo corredor e senti imediatamente uma onda de calor, a combinação entre o aquecimento do trem e a corrida. Ao sentir que Bo não vinha atrás de mim, me virei e o vi alguns passos atrás, tirando o suéter. Por baixo, uma camiseta branca de gola redonda.

Bo e eu nos sentamos um de frente para o outro enquanto Terry continuava falando por telefone no vagão contíguo. Na mesa, as taças de vinho sob a penumbra, mas, embora o lugar exalasse sobriedade, havia algo de aconchegante no ambiente.

Lá fora, dava para ver lampejos ocasionais de vilarejos pelos quais passávamos a toda velocidade. Àquela hora, quase todos os seus habitantes seriam criaturas imersas num sono plácido, ou talvez desconcertante; haveria quem incorporasse o som do trem distante a suas vivências oníricas, como às vezes ocorre com os ruídos externos quando dormimos. Quem sabe alguns acordassem com a sensação de que uma flecha acabara de passar muito perto.

— Sabia que sou fanático por mágica? — disse Bo de repente, empolgado. — Pelos bons truques, sem nenhum fio ou espelho para explicar a ilusão, aqueles a que assistimos atônitos enquanto o cérebro sabe que o que você está vendo vai contra toda lógica.

— É mesmo? — perguntei. Fui pega de surpresa pelo assunto e o inesperado da coisa.

— Sim, adoro saber que algo é um artifício, que existe trapaça e mentira, e que justamente por isso não podemos tirar os olhos, por saber que, embora não pareça, depende de um processo meticuloso para criar a ilusão de que o impossível realmente está acontecendo, para fazer parecer que a Estátua da Liberdade da Liberty Island sumiu diante dos nossos olhos.

— Ha-ha-ha... Sim, eu me lembro disso. Nunca entendi como ele fez. A ficção também envolve horas de trabalho e artimanhas para criar uma ilusão, não é? E em ambas há a tentação de querer levantar a cortina para ver o que está por trás daquela montagem.

— Sim, mas é sempre decepcionante, tanto por ser repetitivo quanto pela simplicidade. Nunca tente descobrir como David Copperfield fez a Estátua da

Liberdade desaparecer! É melhor se deixar levar por essa doce ilusão.

— Mas não é isso que você está fazendo com as perguntas a Terry sobre o romance dele?

— A cortina já subiu, para desgraça de Terry e, principalmente, de Hans. Quem a levantou foi Donovan Seymour com suas acusações, tirando os personagens de *Rocco* do seu devido lugar e acusando Terry do que aconteceu após a publicação do romance.

— Do que exatamente ele o culpou?

— De explorar a vida de Hans e expor o que ele nunca quis tornar público... E de inventar o que lhe interessava a partir de sua persona real.

— Mas isso acontece com muita frequência. Não se pode acusar alguém por escrever algo que se parece com a realidade.

— Sim, é verdade. Não deveria ter passado de uma fofoca literária. Mas já havia suspeitas de que Rocco *era* alguém real e, como o professor do romance não tem nome, também foi fácil assumir que era Terry. Então o artigo de Seymour foi publicado, confirmando todos esses boatos. E, em dado momento, Hans desapareceu.

— Hans desapareceu?

— Sim — lamentou Bo.

— Esse é o escândalo que fez o livro vender tanto?

— Sim — repetiu com um suspiro.

— E por isso Terry estava tão aflito quando disse que gostaria de ter conhecido Hans melhor, porque agora já não pode...

— É. Embora isso que ele falou sobre querer ter passado mais tempo com ele... Sinceramente, não sei. Terry adorava Hans, mas não tanto quanto adorava Rocco, porque prefere suas histórias. Acho que ele ficou obcecado com a ideia do que Hans poderia ter sido, mais do que com a pessoa de carne e osso que ele era, ou é, não sei.

Disse isso com a desolação que nos aflige quando já não podemos permanecer à margem. A maioria de nós gostaria de ficar de fora dos conflitos daqueles que nos cercam. Por que não? À margem podemos olhar para a frente, do banco de reservas, continuar pensando em magia e em literatura, admirando nosso querido professor, mas Bo fora afetado por tudo aquilo e talvez tenha percebido que a hora de se levantar do banco não estava longe.

Quis perguntar a ele quais limites Terry transgrediu em seu livro, quanto um escritor pode se aproveitar de alguém real para fazê-lo desaparecer. Mas nessa hora entrou Terry.

— Qual é? Se eu não estou aqui, ninguém se serve de vinho?

Olhou para nós e entendeu que Bo havia continuado a história, e que naquele momento eu tinha mais informações do que ele havia compartilhado conosco. Olhou bem nos meus olhos antes de se sentar.

— Pelo jeito, hoje à noite, de ambos os lados do Atlântico não se fala em outra coisa além de *Rocco* — disse com uma expressão séria, embora também parecesse ter deixado um peso para trás quando se deixou cair no assento. — E eu que entrei aqui com a esperança de que nossa nova amiga nos contasse como saiu daquela ilha pedregosa…

— Certo, mas primeiro eu queria saber mais sobre Hans. Você contou como o conheceu naquele terraço, mas e depois? Continuaram em contato?

Terry olhou para Bo, deu uma piscadinha e, apontando para mim com o polegar: "Essa aí aprende rápido, hein? E nem sabe de nada!" Não, eu não sabia, mas agora queria saber. Bo ergueu as palmas das mãos à altura dos ombros, rindo: "Não faço ideia, isso é coisa dela." Mas não era só minha. Bo tinha me contagiado com a curiosidade, e eu já sabia que havia uma história, e tinha entrado nela, mesmo não sendo minha.

— Depois daquela festa na cobertura, demorei para ver Hans novamente — continuou Terry. — Não digo que não pensasse nele de vez em quando. Ele era um rapaz jovem, de uma doçura inata, que parecia estar sofrendo por algo, e esse algo atiçou minha curiosidade. Sim, Hans Haig sempre despertou meu interesse, e desvendar alguém é viciante. Já disse a vocês que gostaria de tê-lo conhecido melhor, desenrolar sua história e ao mesmo tempo me enrolar nela.

Terry se ajeitou e bebeu um pouco de vinho.

— Uma tarde, quando saía da sala de aula, eu o vi encostado na mureta que separa a calçada da área arborizada do campus. Conhecem a poeta Alda Merini? "Gosto de quem escolhe com cuidado as palavras que não diz", escreveu ela. Hans era um jovem cheio de cuidadosos silêncios que, por algum motivo, eu sempre ouvi bem alto. Aquela tarde, convidei-o para jantar e ele aceitou.

Antes de continuar seu relato, ajeitou-se no banco e olhou fixamente para nós:

— Como vocês ainda são jovens, talvez não tenham cruzado com elas, mas no mundo há algumas (poucas) pessoas que nos acolhem de primeira, com as quais caminhamos alguns minutos e cuja presença parece ter estado sempre ali, dando passos compassados ao lado da gente — disse. Então, se apoiou novamente no encosto e continuou falando: — Aquela noite, jantamos no Il Trucco, um pequeno restaurante ítalo-espanhol no Soho. Foi uma daquelas noitadas que esticam feito chiclete, açucaradas, perfeitas, muito doces. Conversamos, comemos e bebemos até que o lugar ficou vazio e os olhos dos garçons nos imploraram, sonolentos, para que fôssemos embora. Como podem ver, sou forte para bebida e tenho dificuldade de parar. Se fosse por mim, aquela noite não teria terminado. Sei que rimos e contamos histórias de infância, mas quando tento lembrar exatamente o que aconteceu, minha memória se mistura com a imaginação.

Terry contava extasiado, imerso em um fascínio que ele mesmo criava com seu relato.

— Hans me contou de sua Suíça natal, dos lagos cristalinos; de um em particular, num vilarejo francês próximo a Genebra, onde ele passava os verões de sua infância numa casa antiga e arejada. Contou como eram aqueles meses estivais, como era se divertir com uma mãe jovem, com uma avó jovem; os mergulhos de cima do píer, pulando na água sem parar; as gargalhadas da mãe e da avó quando o menino espirrava água nelas. Na entrada da casa havia uma escadaria e uma escultura de dois anjinhos nus abraçados. Hans se lembrava dele e de sua mãe, os dois molhados e enrolados em toalhas imitando entre risos a posição daqueles querubins. Sua avó capturou o momento em uma fotografia que, segundo me contou, ele sempre carregava para onde ia. Aquele canto era seu lugar no mundo, me disse, girando o braço esquerdo. Na parte interna do pulso havia uma pequena tatuagem: um lago cercado por montanhas, um vale geológico, a paisagem que o acompanhava aonde quer que fosse. Ele a tinha feito em Genebra quando foi estudar em uma escola de teatro e deixou para trás os verões de sua infância, antes de tentar a sorte como ator em Nova York.

Minha imaginação imediatamente conjecturou o momento em que Hans mostrou seu braço esquerdo e tocou na tatuagem para explicar a Terry a origem daquelas linhas de tinta. Vi o vale geológico com os olhos da minha mente e olhei a parte interna do meu próprio pulso, onde só se adivinhava um azul venoso.

— Depois de jantar, propus a ele que tomássemos a saideira antes de nos despedirmos. A Bond Street Brewery e o Whisky Bond ficavam ali perto; sugeri que fôssemos a qualquer um dos dois, mas ele estava cansado, me disse. Tinha um teste no dia seguinte e queria estar bem-disposto. Meu apartamento ficava no Village, então eu seguiria na direção nordeste e ele em sentido contrário, para o Lower East Side. Antes de nos separarmos, Hans se certificou de que nos encontraríamos novamente. Trocamos telefones, fizemos planos e, pouco depois daquele primeiro encontro, já tínhamos estabelecido pequenas rotinas. Às quartas-feiras, depois da minha última aula do dia, Mina e ele costumavam me chamar para ir a alguma galeria do Chelsea, caminhar pelas docas ou comer alguma coisa, dependendo de quanto tempo tínhamos. Quando Mina não estava, Hans e eu passávamos a tarde juntos. Se nos separávamos no fim da noite e ele ia para sua casa, eu ligava o computador ao chegar à minha e escrevia até de madrugada.

Enquanto Terry evocava o passado, eu me perguntava qual seria a versão de Hans. O que ele fazia aquelas noites em que se separavam? Como se lembraria agora daqueles encontros?

— Acho que dá para dizer que Hans foi minha musa, ou que ele me inspirava, mas eu diria que, ao lado dele, encontrei a serenidade necessária para me sentar na frente do computador. Ao mesmo tempo, é verdade, ele me fornecia algum material, embora nunca entendi o porquê. O que havia em Hans que me levava a escrever é algo que nunca consegui descobrir.

— Hans morava sozinho? — perguntei, tentando investigar mais sobre o lado oculto da história.

— Não, ele dividia apartamento com outros dois atores que, segundo me contou, discutiam muito. Não sei se eram um casal nem se eram homens ou mulheres, apenas que, como Hans, também eram atores de teatro e faziam outros bicos para arcar com os custos de vida na cidade. Preferia não passar muito tempo com eles, e várias vezes ficava na minha casa para evitá-los.

Terry era um tanto sucinto quando se tratava exclusivamente de Hans e muito inclinado a se estender quando se referia à relação entre os dois.

— Acho que Hans era para mim uma pequena joia que sempre quis guardar, e eu era para ele uma presença adulta numa vida um tanto solitária, um apartamento longe dos seus colegas de casa, uma espécie de padrinho. Imagino que soubesse que eu estava fascinado por ele, deslumbrado pela sua beleza e juventude. Me aproveitei dele e da sua situação? De acordo com Donovan Seymour, sim. E, à luz do que aconteceu depois, difícil não ver dessa forma, mas na época era Hans quem mais se beneficiava da nossa relação, ele era a pessoa que estava no controle e eu a que estava sempre disponível. Fui honesto com ele. Contei que tinha voltado a escrever e confessei que havia inventado um personagem baseado nele. Quis saber se seria capaz de se reconhecer ao lê-lo. Tudo passava pelo filtro da ficção, eu disse, e embora Rocco se parecesse com Hans, era apenas no argumento: sim, ele tinha olhos azuis muito claros e mantinha amizade com um professor em Nova York, mas todo o resto era circunstancial. É verdade que reproduzi alguns lugares aonde fomos juntos. Mostrei a Hans várias passagens dos primeiros capítulos e ele achou graça. Lembro dele rindo ao ler uma história que Rocco conta sobre um comediante chamado Mercury Bragg.

Um sorriso se desenhou repentinamente no rosto de Terry ao relembrar aquilo.

— Hans deixou as folhas na minha frente com uma gargalhada: "E essa história do furão e do comediante? Adorei! Bragg existe de verdade?" Claro que não existia. Nem tudo vinha de Hans, mas ele tinha contado aquele episódio das aeromoças, que era outra bobagem curiosa, e dali saiu a história sobre Bragg e Miffy, o furão esquivo. Muitas vezes, quando nos víamos, era Hans quem perguntava como estava Rocco, o que ele e o professor tinham feito agora, se haviam se embebedado juntos de novo. "Não se preocupe, que não vou vir morar com você, embora seja verdade que às vezes passe muito tempo aqui." Perguntava por Maddie, suponho que ciente de que eu nunca teria tido aquele interesse romântico por uma mulher. Era um jogo e nós dois jogávamos. Hans achava engraçado que a mais pura invenção estivesse misturada com elementos de sua própria vida. Tudo foi longe demais? Acho que sim, que quanto mais nos conhecíamos, mais eu escrevia e menos mostrava para ele, porque Rocco era cada vez mais meu.

Terry fez uma pausa e, quando retomou o relato, sua expressão era a de alguém que está chegando a um presente menos agradável.

— Numa quarta-feira em que Hans tinha um teste, Mina veio me procurar. Eu a vi parada ao lado da pequena mureta, no mesmo lugar onde Hans me esperara daquela primeira vez. Usava um vestido preto de linho, com detalhes em seda e bolsos grandes e um colar de ouro envelhecido, do qual pendia uma grande semente polida. Sua longa cabeleira ruiva presa num rabo de cavalo alto, óculos escuros e um sorriso instantâneo. Ela também havia dado risada quando lhe enviei o trecho sobre Fairbanks, e me disse que se sentia lisonjeada por entrar na liga dos personagens de ficção. Mina não era Maddie, claro, mas um tempo atrás ela tinha dividido comigo aquela história sobre a noite fria no Alaska.

A imagem de Mina no vestido de linho preto não combinava mais com a de Jessica Rabbit, mas minha mente continuou a conjecturar sobre ela, ainda que agora se parecesse mais com a atriz Jessica Chastain.

— Naquele dia que Mina veio sozinha, descemos pela Oitava Avenida até virarmos em direção oeste para chegar ao Jane Hotel. O prédio ainda era o mesmo construído no início do século passado para abrigar o número crescente de marinheiros que passavam pela cidade. Na época, sua estrutura de tijolos vermelhos, que se erguia em frente ao cais de Cunard Line, era conhecida como a American Seamen's Friend Society, Sailors' Home and Institute, e seus quartos lembravam, em tamanho e disposição, as cabines estreitas de um navio. Cobrava-se vinte e cinco centavos a noite quando era para tripulação e cinquenta quando os hóspedes vinham de terra firme. Quatro anos após abrir as portas, abrigou os sobreviventes do Titanic e, desde então, se tornara um reduto cultural nova-iorquino, famoso por alojar o *milieu* boêmio dos anos setenta.

Terry fez uma pausa antes de explicar de onde vinha aquilo.

— Eu não sabia de tudo isso, mas Mina, nascida e criada em Manhattan, me contou ao som da voz de Billie Holiday cantando "All of Me" no bar do hotel. Tudo naquele lugar tinha um aspecto pesado: os painéis de madeira escura que revestiam o teto, o veludo grená das banquetas, as cortinas empoeiradas. O conjunto criava um efeito opressor e claustrofóbico. Naquela tarde, tive imediatamente a impressão de que Mina queria falar sobre algo específico e presumi que esse algo seria

Hans. Assim que fizemos o pedido, ela fechou com cuidado as hastes dos óculos escuros e segurou minha mão com uma expressão séria. Disse que estava preocupada com Hans. Ele tinha contado a ela umas histórias sobre seus colegas de apartamento que lhe pareceram alarmantes. Sentia que era jovem e ingênuo demais para que aquela combinação não representasse um risco, que aquele casal com quem ele dividia a casa podia ser uma verdadeira fonte de problemas e que devíamos ajudá-lo a encontrar outro lugar onde morar. Eu não compartilhava daquelas preocupações e disse isso a ela, Hans era um adulto. "Vocês passam bastante tempo juntos", observou Mina. "Fique de olho nele. Não parece bem ultimamente." Quis enfatizar que Hans não era responsabilidade minha, e nem dela, mas antes que eu pudesse falar ela levantou a mão sinalizando que ainda tinha algo a acrescentar: "E aquele livro em que você está trabalhando, Terry: tome cuidado. Continua com ele? Hans está muito sozinho aqui e vocês são bem próximos. Poderia aproveitar essa proximidade para garantir que ele esteja bem, não para escrever sobre ele." Foi minha vez de interrompê-la: "Mina, não sou o pai dele." Antes de responder, ela me lançou um olhar severo. E, ao mesmo tempo, senti a força de sua mão apertando a minha contra a mesa: "Mas poderia ser", disse. E acrescentou: "Você tem idade para ser pai dele, e não seria um pai jovem."

Terry suspirou e olhou para nós com uma expressão aflita.

— Nós dois sabíamos que a conversa havia acabado. Depois daquilo, Mina não conseguia me dizer nada que não parecesse um sermão ridículo, uma bronca como a de antes. E eu não podia responder nada que não nos fizesse cair em lugares-comuns: Mas o que você está insinuando? De que está me acusando? Não finja que eu inventei isso. O que está fazendo com um garoto tão jovem? E um longo etc. Mina nos poupou desse toma lá dá cá, mas, pouco depois daquele encontro, tudo se acelerou. Nunca mais a vi novamente. — Pude sentir o tormento de Terry, que me pareceu sincero e, certamente, pensei então, também merecido. — Tudo aconteceu muito rápido depois daquele aviso. Não houve mais os momentos de leveza em que eu dividia com eles as páginas de *Rocco*. A advertência de Mina quebrou algo e entendi que não conseguiria dormir se quisesse terminar aquela história. Não me ocorreu que Hans fosse desaparecer. Ainda desfrutei da companhia dele por um tempo, mas algo começou a mudar a partir daquela conversa de subentendidos e silêncios tácitos.

Terry fingiu procurar respostas para suas perguntas:

— O que Mina viu? O que ela adivinhou que poderia acontecer, para me avisar com aquela veemência? De qualquer forma, nunca me perdoou e acho que nem eu a mim mesmo, embora isso já não importe. E agora, sem Hans, tampouco faz sentido especular uma versão alternativa em que eu o ajudava em vez de empurrá-lo. Mina bem que tentou me fazer ver o precipício à frente dele. Mas, quando estamos à beira de um penhasco, não existem outras versões. Temos apenas uma carta para jogar. Eu poderia tê-lo segurado com força para que desse um passo atrás, mas vi o salto desconhecido, um lugar de onde não há retorno e, com um único dedo em suas costas, sem querer olhá-lo nos olhos, empurrei-o gentilmente para o abismo.

III

Haviam-se passado três semanas desde a primeira manhã em que amanhecemos no meu apartamento. A convivência transcorria com surpreendente naturalidade. Rocco não passava horas suficientes fora do apartamento para ter um emprego fixo, embora para mim era difícil ter certeza. Se eu tivesse perguntado, talvez ele me contasse algo, mas tive a impressão de que ele preferia não dividir comigo em que consistiam seus dias.

Aquela primeira manhã não foi muito diferente das que vieram depois, exceto pelo efeito do álcool da noite anterior. Acordei inundado por um embotamento mental e físico: as costas tortas (o pufe-armadilha) e a cabeça como uma bomba prestes a explodir. O absurdo da situação: por que eu tinha convidado um completo estranho para dividir o apartamento comigo? Odiava tanto assim a solidão? Saí da cama e, depois de tomar duas aspirinas e meio litro d'água, entrei no banho. Em jorros, como a água do chuveiro, caíram sobre mim todos os motivos pelos quais aquela havia sido uma péssima ideia.

Eu era um adulto. Não tinha necessidade de dividir um apartamento que já era pequeno. Ele podia ser um doido, podia destruir o pouco que eu tinha. Era muito mais novo do que eu, mais forte. E, ainda que não fosse me linchar, poderia ser sujo, barulhento.

Quando saí do banheiro, eu o vi no sofá com seu sorriso infantil. Aquele menino nunca pensaria em me linchar; pelo contrário, sem sua presença eu provavelmente não teria saído da cama o dia todo. Uma testemunha da minha vida. Naquele momento, a única. Poderia ter sido qualquer outra pessoa?

Rocco avisou que tinha feito café e me alcançou uma das duas xícaras. Ergui as sobrancelhas indicando com a cabeça a cadeira onde ele havia deixado a jaqueta na noite anterior.

— Agora não consigo nem olhar para ela — disse, passando a mão pelo couro.

— Bom, mas faz menos calor do que ontem à tarde.

— Sim, mas de manhã não precisamos fingir que somos outra pessoa — disse, dando uma piscadinha.

— Não tem comida. Vamos comprar alguma coisa. E pode jogar fora esse ar-condicionado. Não gela e só fica pingando água marrom.

Se Rocco tinha uma vida anterior, não havia nenhum vestígio dela. Mas como não teria? Somente personagens de ficção começam a existir sem um passado. Ele havia chegado apenas com a mochila que usava no primeiro dia no Timbernotes. De vez em quando apareciam em casa objetos pessoais ou roupas. Talvez ele os pegasse em algum lugar ou os comprasse.

Um dia, ao descermos as escadas que levavam do apartamento para a rua, combinamos uma pequena quantia que ele pagaria pelo aluguel. Rocco entrou na minha vida como o ar-condicionado quando funciona, tornando a existência mais leve sem ninguém pedir e contribuindo imediatamente para o bem-estar.

No dia seguinte após combinar aquele valor simbólico, senti uma curiosidade infantil por saber como eram seus dias e resolvi segui-lo. Fingi ficar trabalhando depois de arrumar a mesa do café, assobiando, como fazem aqueles que não têm pressa.

— Vou dar uma saída — disse ele, com sua expressão alerta, porém impenetrável.

— Claro, divirta-se. Não sei se venho jantar hoje à noite.

Pela janela, eu o vi se afastar com passos ligeiros. Como tantas vezes vimos os espiões fazerem no cinema, mantive uma distância prudente e tentei não perder o ar casual enquanto caminhava. Eu não queria despertar interesse ou suspeita dos transeuntes, embora os nova-iorquinos, por viverem em um cenário de ficção, tenham que se deparar com algo muito bizarro para que sua curiosidade seja fisgada.

Ele caminhou em direção ao Hudson e, quando chegou na esquina da Washington Street, virou à direita e seguiu em frente. Assim que atravessou a Jane Street, eu o vi parar em frente aos chafarizes do pequeno parque de Washington Commons. Ele não era o único. O calor havia atraído outros caminhantes que liam jornais à sombra, acompanhados de cafés gelados e cães nova-iorquinos. Apesar do caos e da precarização da cidade, Nova York está cheia de pessoas ociosas que não são visivelmente ou espetacularmente ricas, mas que são donas do seu tempo. O relativo sossego da área poderia me denunciar, e estávamos longe o suficiente de casa para que Rocco, se resolvesse se virar naquele momento, suspeitasse de algo ao me ver. Então, comecei a manter uma distância cada vez maior dele e, quando virou inesperadamente à esquerda na Horatio Street, tive que apertar o passo para não perdê-lo. Vi que ele entrava por uma porta quase escondida sob os andaimes que lotavam a rua. Uma garota baixinha, com o cabelo tingido de alaranjado e um rabo de cavalo meio desfeito, abriu a porta para ele. A caminhada rápida havia me deixado praticamente ao seu lado. A garota, ao me ver petrificado na porta à sua frente, sorriu concluindo que estávamos juntos.

— Desculpa. Entre, quase te deixo para fora. Somos cada vez mais — disse, afastando-se para me deixar passar. Uma jovem sem motivos para pensar que deveríamos desconfiar de quase tudo à nossa volta.

— Sim, obrigado. Não se preocupe. Os outros já estão lá dentro? — Me atrevi a perguntar e senti na hora o calor que sobe do estômago quando mentimos descaradamente. Mas ela não reparou e me respondeu, fechando a porta atrás de mim:

— Sim, a equipe toda está pronta. E nossas estrelas também — disse, piscando para mim e acreditando que me tornava cúmplice de algo que eu ignorava.

Segui-a com um passo tão decidido quanto o dela. A garota falava por um microfone conectado ao ouvido. Embora tivesse se esquecido de mim, sua determinação era contagiante, então cheguei logo atrás dela a algo parecido com um set repleto de fãs, talvez o cenário para filmar um comercial. Havia várias câmeras e gente com um ar distraído detrás delas.

Encontrei um telão branco com rodas atrás do qual me escondi para observar o grupo heterogêneo de pessoas sem chamar atenção. Uma mulher com aparência pouco amigável manipulava Rocco para colocá-lo em uma posição específica, e ele deixava que ela fizesse seu trabalho enquanto lia algo no celular. De repente alguém moveu o telão, arrastando-o para o lado oposto ao meu, e tive que segui-lo como se fosse uma cena protagonizada pela Pantera Cor-de-Rosa. Se o homem que o empurrava viu meus pés de sua perspectiva, não fez menção de questionar nada. Mas senti que minha posição me denunciaria, então fingi estar tirando medidas (para quê?). O homem olhou para mim de um jeito estranho quando chegamos ao destino, mas, como tantas vezes em que nos encontramos diante de uma situação incompreensível, deixou para lá. Do meu novo ângulo, eu não conseguia ver o palco muito bem, mas avistei Rocco, atento às ordens da mulher que o posicionava e reposicionava.

Vi como ele se mexia e gesticulava. Eu estava longe do centro da ação, mas me pareceu que, em vez de falar, ele estava fingindo, como quando queremos que alguém acredite que não pode nos ouvir e mexemos os lábios simulando um volume de voz normal. Em volta dele, três garotas tiravam medidas do seu corpo e da distância que o separava de diferentes objetos.

— Posso ajudá-lo com alguma coisa? — O homem do telão voltou com a curiosidade restaurada. Algo deve ter feito com que me notasse e perguntasse novamente.

— Não, obrigado, já consegui o que preciso.

Seu olhar hesitou por um instante. Me examinou de cima a baixo; eu já não passaria batido caso ele me visse de novo. Abri a mão direita e medi o telão em palmos. Vi que ele franzia a testa, mas não iria dizer nada. Eu já estava em movimento, tinha o surpreendido e agora saía com meus palmos e passos rápidos.

Refiz o caminho andado e voltei para casa. Eu não tinha descoberto nada sobre Rocco que já não soubesse no dia anterior, ou não com certeza. Talvez ele estivesse substituindo algum ator. Eu sabia que às vezes isso acontece com atores reclamões ou que se cansam facilmente; alguém fica no lugar deles para fazer os testes de luz e som. Cheguei em casa já sem pressa, mas suando e pensando na cena.

Talvez Rocco tivesse a profissão mais anônima de todas: fazer se passar por alguém que se dedica a fingir ser outro. A indefinição o acompanhava como uma sombra, por isso o ofício fantasmagórico, pensei, combinava bem com a imagem que eu, à falta de outra, ia formando dele.

Podia e devia perguntar algo sobre sua vida, sua profissão, o que ele fazia antes de morar comigo. Também podia continuar sendo a testemunha perfeita. Ele na sombra e eu com um motivo para voltar para casa, para sair da cama, para comer algo que não fossem cereais. Ele podia continuar existindo só para mim, numa nebulosa da qual eu não sabia quase nada, enquanto me tornava um pouco mais tangível com sua companhia.

Naquela tarde não o vi no apartamento, o espaço que passara a ser dos dois. Quando o sol começou a se pôr, saí do prédio e entrei no café do outro lado da rua. Me sentei numa mesa ao lado do janelão; senti que poderia passar muito tempo ali até me levantar. O café ficava aberto vinte e quatro horas e, dali, eu tinha a janela da sala em um ângulo perfeito, a luz apagada como eu havia deixado. Esperei.

IV

Não sei quanto tempo passou desde que me instalei à mesa até que vi a luz da sala se acender. Só sei que, quando tudo se iluminou, levei um susto: eu não tinha visto Rocco entrar pela portinha enferrujada do prédio, mas só podia ser ele. De repente, abriu a janela de par em par e ficou emoldurado pela cortina. Ao vê-lo, tive medo de que olhasse para baixo e me descobrisse, mas ele olhava para cima com atenção. Estava usando a jaqueta de couro e manteve os olhos fixos no céu e os braços teatralmente agarrados aos dois lados do batente. Eu mesmo levantei os olhos procurando o que havia chamado sua atenção, mas na escuridão do céu só se intuía a timidez de alguma estrela.

Embora continuasse sem saber nada dele, sua presença me dava uma trégua de mim mesmo e de tudo o que já era irreconciliável: as vidas dos outros que seguiam adiante sem mim, a existência sem grandes propósitos, a lembrança de Maddie. O que Maddie teria diante dos olhos, sua própria imagem no espelho ou o olhar de quem a fizesse feliz?

Em seu anonimato e indefinição, eu imaginava Rocco posando, não apenas da forma como o vira naquele estúdio, mas como anfitrião de eventos sociais, em festas beneficentes. Rocco, o filantropo. Rocco num pijama de seda, dançando num apartamento espaçoso de madeira escura. A cidade abriria os braços para ele e o acolheria. Com seu ar de menino, sua existência poderia ser como uma ficção que torna insuportável a vida real. Rocco, seu protagonista, iluminando ambientes, deslizando onde quer que pisasse, compassivo e carismático. Poderia ser qualquer um, desde que não tivesse um passado e nada o assombrasse. Poderia existir apenas para eu ficar mais leve e escrever estas linhas.

Apoiado no batente da janela, ele digitava com os olhos fixos na tela do celular. Não tinha a aparência de filantropo ou de grande anfitrião, nem de querer ser um. O que eu esperava de Rocco? Que fosse sem ser? Que estivesse ali e nunca partisse? Que ficasse ao meu lado sem precisar de nada?

Naquele momento, um carro freou bruscamente em frente ao café e o barulho dos pneus no asfalto assustou a todos que estávamos por perto, inclusive Rocco. Quando olhei de volta para a sacada, ele havia saído de sua estupefação digital e me observava com olhos sorridentes. Encolheu os ombros e ergueu as mãos no ar. O que está fazendo aí? Sobe! Vai ficar? Então, eu desço.

Ele não devia desconfiar de que eu o seguira, nem de que havia me sentado ali para esperar sua chegada. Como poderia desconfiar de intenções que eu mesmo desconhecia?

É bom encontrar fora de casa alguém com quem moramos. A proximidade se consolida ao nos vermos vestidos para o mundo externo; um laço se estreita na noite em que bebemos em um bar sabendo que voltaremos ao lugar onde nos esperam os remédios e as manias de ambos. Quando Rocco desceu e ocupou a cadeira ao meu lado, essa intimidade não era visível para mais ninguém. Me lembrei da primeira tarde em que dividimos a mesa no Timbernotes e da cumplicidade que nos uniu na ocasião. Agora, nós dois sabíamos que havia pouca comida na geladeira, que o congelador estava cheio de *tupperwares*, conhecíamos o macete de empurrar a porta de entrada para que abrisse ou de que lado o sofá da sala afundava.

— Estar fora de casa me ajuda a escrever melhor, mas, se eu for muito longe, perco a vontade. Às vezes você não sente um desejo irrefreável de estar em outro lugar? E então, quando finalmente chega lá, descobre que é tarde demais? — Não eram necessárias explicações, ele não tinha me perguntado o que eu estava fazendo ali.

— Não, acho que isso não acontece comigo. Tarde demais porque as pessoas já foram embora ou porque algo acabou?

— Porque algo acabou, mas só dentro de você. Sair de casa me ajuda a organizar os pensamentos antes de colocá-los no papel, mas a cidade é grande e está cheia de obstáculos. Às vezes, durante o caminho, você perde tudo.

— Tudo?

— O ímpeto e a vontade de escrever, às vezes também as ideias. Em casa você tem tudo o que precisa para trabalhar, mas se sente intangível, sem testemunhas.

— Quem são suas testemunhas aqui? — perguntou em tom de gozação bem-intencionada, olhando ao redor; no café, não havia vivalma.

— É verdade, aqui também não tenho testemunhas — respondi, dando de ombros. — Hoje não tomei nenhuma boa decisão. Hoje, perdi tudo — (Mas perder também é te seguir pela rua e fingir que você só existe para mim).

— E o que você faz quando não perde a vontade? Escreve histórias?

— Sim, escrevo o que posso — (Ultimamente, escrevo você sem que você saiba que estou te observando, quando pensa que não há testemunhas de seus passos).

Ele olhou para mim com algo entre pena e ternura, passando um dedo pelas montanhas da tatuagem que tinha no punho.

Imaginei que havia perdido a batalha no processo de mantê-lo interessado. Talvez ele soubesse que nunca houve guerra e que todas as batalhas foram perdidas previamente. Mas aquela noite ele ainda me deu uma trégua, invocando nossa cumplicidade e nosso espaço.

— Está escrevendo sobre os *tupperwares* de casa? Por isso estão sempre no congelador como se fossem testemunhas?

Ele disse isso de um jeito sério e meu sorriso provocou o dele.

— Nem sei o que tem naqueles *tupperwares*. Esperava que você se arriscasse a experimentá-los. Por isso te convidei para morar comigo, mas você nem tocou neles.

— Um dia nós dois experimentamos juntos. Não quero ser cobaia. Mas hoje vamos jantar no vietnamita.

Do jeito que as porções são grandes, com certeza vamos sair de lá com mais um para sua coleção.

— Nossa coleção — enfatizei.

Rocco podia interpretar o que quisesse da minha resposta. E se não entendesse nada, tudo bem, eu já tinha perdido a batalha de qualquer forma.

— Claro que nossa — respondeu. E olhou para mim sem disfarçar o olhar, dizendo sem muita vontade que honraria sua parte do trato, embora nunca ninguém tivesse dito que havia um.

Não era difícil supor que as pessoas por quem Rocco se interessava fossem mais jovens, escolhidas por ele, homens ou mulheres cheios de futuro, de vícios sedutores, de beleza e intensidade. Pessoas que não eram como eu, que não jantavam cereais sozinhas nem suavam o tempo todo, nem levavam um caderno para passear pela cidade.

— Vamos. Estou com fome e o vietnamita vai estar cheio — disse ele, se levantando.

A caminho do restaurante eu soube que, se havia uma noite para descobrir algo sobre ele, era aquela. Ainda não entendia o que tinha acontecido no café. Se eu o desejava, o desejo não tinha passado pela minha consciência. Mas alguma coisa havia se quebrado, ou era apenas o tempo em que as palavras ainda não contaminaram uma história que não voltaria mais.

— Rocco, o que você faz durante o dia? Trabalha? — perguntei a ele quando chegamos à nossa mesa.

Me senti estúpido, um pai reprimindo o filho. A pior versão da estupidez, a que se manifesta ao pedir explicações.

— Trabalho, sim. Antes de morar com você eu era ator de teatro. Agora faço testes de luz e som para outros atores.

— E não trabalha mais como ator?

— Não. Tive que me afastar do meu mundo, principalmente dos meus colegas de casa, que também são atores. Não posso vê-los de novo e, acima de tudo, eles não podem me ver. Na verdade, só comecei a fazer esses testes de luz e som na semana passada. Antes, nem isso.

A expressão dele havia mudado ao dizer aquilo. Eu não sabia como reagir ao medo que emanava dele, nem como perguntar sobre aqueles colegas e a necessidade urgente de se manter afastado. Então, fiquei com a última coisa que ele disse.

— Quer dizer que você não estava trabalhando nas primeiras semanas que chegou em casa?

— Pois é; na verdade, desde o dia em que nos conhecemos.

— Você nunca me disse nada.

— Você nunca me perguntou.

— Não quis me intrometer. O que aconteceu no dia em que nos conhecemos?

— Eu tinha acabado de deixar o apartamento que dividia com Emi e Prandi, os atores com quem eu morava. Poder ficar na sua casa foi um alívio; nas duas primeiras semanas, mal saí daquelas quatro paredes.

Rocco exalava a inquietação de alguém que está paralisado pelo terror iminente e prefere não falar. Aquela noite o vi imobilizado por algo que eu desconhecia. Não tinha me ocorrido que sua indefinição se devesse ao medo. Eu tinha muitas perguntas, mas esperei. Rocco pegou um camarão com os pauzinhos vietnamitas e olhou para mim enquanto segurava-o no ar:

— Na tarde em que nos conhecemos no Timbernotes — disse, angustiado —, eu havia passado o dia todo perambulando e não tinha onde dormir, nem naquela noite nem nas outras que viriam, porque tinha fugido de casa em silêncio, como um fantasma que desaparece para nunca mais voltar.

Aquela manhã, quando saí da barraca na vasta praia de Socotra, não perdi muito tempo, mas me aproximei da beira-mar e deixei que o Índico banhasse minhas pernas. Me lembrei dos estudos de um neurocientista sobre os benefícios do mar no cérebro, que tinha efeitos positivos no sistema imunológico e melhorava a circulação sanguínea. O mar, o amor. Ambos tinham a capacidade de trazer um bem-estar indiscutível, mas também podiam acabar com você se não se mantivesse à tona.

Pensei que de pouco adiantaria um bom fluxo sanguíneo se eu não escapasse daquela situação. Mas era uma ideia inconcebível: a possibilidade de algo acabar tão mal a ponto de abandonarmos para sempre o lado dos vivos. A vida é tenaz; e o instinto de sobrevivência, pura teimosia. Saí do meu transe índico e fui até a barraca para ver o que restava das provisões: uns poucos pacotes de comida desidratada, água, um kit de primeiros socorros, um canivete suíço. Na mochila de Daniel estava o restante da comida, uma bússola e outras coisas que poderiam ser úteis. Eu poderia tê-lo xingado e amaldiçoado, mas estava sozinha com os elementos potencialmente hostis da ilha e não seria eu quem daria início a uma batalha verbal na presença deles.

Havíamos caminhado por dois dias desde a capital, Hadiboh, para chegar àquela praia, mas não pela costa e sim pela região de Jo'oh, onde havia um dos cultivos de árvores-pepino. Abri o mapa para entender minha localização. Não podia estar tão longe da capital, talvez uns trinta quilômetros. A praia devia ser Delisha. Agora sei que era mesmo, e que em árabe significa "delícia" e também a possibilidade de fazer os outros felizes, dependendo do contexto. Em vez de refazer os passos que tínhamos dado desde Jo'oh, seria mais fácil seguir a orla para não me perder, assim eu encontraria Hadiboh, que ficava à beira-mar. Caminhar na direção errada seria um desastre, mas se o mar apontava para o norte, não havia dúvidas de qual era o oeste. Ou havia?

Como eu me sentia mal equipada, com minhas escassas provisões, a cabeça cheia de poemas e meu questionável senso de orientação.

No sentido oeste, o solo pedregoso rapidamente se transformava em areia fina. E essa areia havia formado uma imensa duna que entrava no mar, majestosa em sua magnitude e sinuosa em sua textura. Contorná-la pela frente seria impossível, e fazer isso pela parte de trás demandaria muito mais tempo do que escalá-la e depois descer pelo outro lado. Como seria a areia no topo? Fina demais para suportar o peso de uma pessoa?

O calor ficava cada vez mais intenso e presumi que, quanto mais cedo saísse dali, menos sofreria com o sol inclemente das horas centrais. Vieram à minha mente imagens de pessoas que se perdiam nos desertos e de como o cérebro imaginava cenas de oásis frescos e palmeiras, embora quase todas as representações da minha memória fossem de desenhos animados, então aquilo certamente não aconteceria de um jeito tão teatral. Como eu me lembraria daquele momento se vivesse para contá-lo? Resolvi subir a duna e, se na encosta eu julgasse que ela era instável, voltaria e a contornaria por trás.

Como sou um pouco supersticiosa, acreditei ter espantado as cenas idílicas de Socotra ao imaginá-las.

Naquele momento, conforme eu me aproximava da duna, voava uma borboleta que me trouxe à lembrança o efeito de mesmo nome. Aquele que explica como um bater de asas pode mudar a realidade em dois mundos idênticos que só se distinguem por esse voejar. Em um deles, pode ocorrer um tornado capaz de provocar a destruição, mas não no outro. Em qual dos dois eu estava? Naquele em que a protagonista se salva ou no qual ela sucumbe à ruína?

O inseto se afastou em direção ao mar e eu comecei a subida. Como nas miragens, logo avistei alguém se assomando no topo. Um homem agitando o braço tentava chamar minha atenção. Se eu estava ficando louca, era com muita clareza, pois pude ouvi-lo pronunciar meu nome. Logo entendi que era Saleh. Afundei os joelhos na areia e, quando ele chegou até mim, lágrimas de suor, sal e gratidão escorriam pelo meu rosto. Ele tinha acompanhado Daniel até Hadiboh, mas combinaram que ele voltaria para me buscar, disse. No caminho de volta, havia se cortado na panturrilha, por isso demorou.

— Mas, e Daniel?

Ele olhou para baixo e eu sussurrei "obrigada" várias vezes. Nos aproximamos da margem para que ele lavasse a ferida e mostrei o que eu tinha pegado para começar o caminho de volta. Ele apontou para a barraca: mesmo que fosse pesada, deveríamos levá-la também, por precaução.

Seria a terceira vez que ele percorria a distância entre a praia de Delisha e Hadiboh. Havia passado metade da noite caminhando com Daniel e a outra metade voltando para me buscar, e, além disso, tinha ainda o corte na perna.

Não dividi tudo isso com Terry e Bo. Como poderia contar tanta coisa?

— E como você saiu de Socotra? Ainda não contou para nós o que aconteceu — disse Terry.

— Saleh voltou para me buscar. Fizemos juntos o caminho de volta, ele me hospedou aquela noite na casa de sua família e peguei um voo no dia seguinte.

— Ainda bem! E se ele não tivesse voltado?

Ah, não. Eu não ia dar margem para conjecturas que passei tantas noites espantando da minha mente, sempre atormentada pelo pensamento hipotético. Não. Saleh voltou e eu pus um espantalho para afugentar suposições perturbadoras.

O caminho de volta foi longo, mas não interminável. Apesar das circunstâncias, Saleh se comportou como o guia entusiasta que era e, toda vez que parávamos para beber água, ele me contava alguma curiosidade sobre a ilha.

Quando nos deparamos com um navio petroleiro encalhado nas dunas, ele me disse que estávamos na metade do caminho. A história do *Gulf Dove* era muito triste para a preservação da flora e da fauna da ilha, me explicou. A embarcação estava encalhada há um ano e havia destruído o recife de corais no fundo do mar. Não havia informação suficiente sobre o cargueiro, mas não parecia provável que algo seria feito a respeito no curto prazo. Passamos muito perto; seu tamanho descomunal e seu estado de deterioração o transformavam em um fantasmagórico naufrágio na superfície. Como seria viajar dentro dele? Reinaria um silêncio aterrorizante no qual daria para ouvir os estalidos de seu esqueleto enferrujado, o gotejar constante, a espessura das manchas do petróleo que um dia transportou?

Pensei no *Gulf Dove* quando Terry nos contou sobre seu encontro com Mina no Jane Hotel. Hoje os turistas pagam para recriar uma ilusão que os faça sentirem, momentaneamente e sem riscos (mas depois, não), como os marinheiros tinham se sentido durante séculos: sozinhos, presos em navios colossais que podiam ser sua salvação e também seu túmulo, cercados por um mar no qual eles tinham que confiar para não enlouquecer.

Quando Saleh avistou as primeiras casas da parte mais a leste de Hadiboh, apontou para elas e se virou com um sorriso largo: "*Yallah, yallah.*" Falei para ele que, se me explicasse como, eu poderia ir até o aeroporto e, uma vez lá, esperar por um voo da Air Arabia que me levasse a Abu Dhabi, mas ele negou com a cabeça. Já tinham verificado, disse no plural. Daniel pegou o único voo para Abu Dhabi do dia; eu dormiria na casa de sua família aquela noite e faria isso no dia seguinte.

Eu não conseguia assimilar o incompreensível daquele dia. Daniel podia ter terminado o relacionamento de manhã. Teríamos seguido rumo a Hadiboh, viajado juntos até a Espanha. Conversaríamos durante as escalas, não, não tinha dado certo, nós dois sentíamos muito, uma pena. Teríamos nos despedido em Barajas, incrédulos, sonolentos. Mas nada disso aconteceu e, com tempo, agradeci por não ter visto os olhos comovidos de Daniel. Eu teria saído daquela ilha se a perna de Saleh tivesse sangrado mais e ele não tivesse conseguido voltar? Ah, mas eu tinha meu espantalho contra todas as conjecturas e aquilo, assim como a despedida chorosa em Barajas, também não fez parte desta história.

Na casa de Saleh moravam sua esposa, Jananiah, seus quatro filhos e seus pais. Logo que cheguei, caí num sono profundo. Quando acordei, já estava escuro e senti cheiro de comida. Pela casa havia suvenires cuja origem atribuí aos turistas que Saleh atendia como guia: uma estatueta do Elvis, uma placa que dizia ALOHA!, revistas americanas e objetos variados. Imaginei que, pelo seu contato com estrangeiros, a família vivia com mais conforto do que a maioria da população. Estrangeiros que visitavam a ilha como eu, ou como Daniel, e para quem Socotra limitava-se a uma paisagem de árvores sublimes e praias eternas.

Jananiah me mostrou onde ficava o banheiro. Não tínhamos nenhuma língua em comum. Mas partilhar um idioma nunca foi requisito para a compreensão. Me sentei com ela e seu bebê recém-nascido na cozinha e, quando seus outros três filhos chegaram, ela disse meu nome e pediu que eles me mostrassem o quintal da casa. O mais velho me pegou pela mão e ela ficou amamentando o bebê.

No quintal havia um pequeno tanque. Ao passar por ele, vi meu reflexo na água, instável e turbulento, como é quando nos vemos no espelho trêmulo de uma superfície aquosa.

Are you alive?
I touch you.
You quiver like a sea-fish.
I cover you with my net.
*What are you — banded one?**

---

* Você vive?/ Toco seu corpo./ Você treme como um peixe./ Eu te cubro com minha rede./ O que você é — um ser estriado? (*N. da T.*)

Durante o jantar, de vez em quando Jananiah digitava em árabe num celular e me mostrava a tela com o texto traduzido para que eu visse a mensagem em espanhol. Depois de comer, notei que Saleh estava com um curativo limpo na perna. Ele me disse que na manhã seguinte me levaria ao aeroporto para reservar um assento no voo a Abu Dhabi e confirmar a troca de passagem. Então saiu para a rua com seus filhos e Jananiah e eu ficamos tirando a mesa do jantar enquanto o bebê dormia em um pequeno moisés.

Quando terminamos, agradeci a ela por tudo. Juntei as palmas das mãos e levei-as momentaneamente ao lado da orelha, inclinando a cabeça, com o gesto que indica o ato de dormir. Ela assentiu gentilmente antes de pegar o telefone. Digitou mais alguma coisa e, quando a tradução apareceu na tela, virou o celular para que eu lesse, sua mão esquerda na minha barriga:

Você vai ao médico e vai ficar bem.

Pouco depois de nos acomodarmos novamente no compartimento, um telefone tocou. Terry olhou em volta, esperando que alguém que não fosse ele lidasse com o presente imediato. Ainda levou um tempo para entender que o som vinha de seu celular e começar a procurar em qual bolsa tinha ficado enfiado. Quando o encontrou, saiu e atendeu secamente, num tom que não parecia o do momento da rememoração.

Bo olhou na minha direção.

— Essas viagens costumam ser tão animadas?

— Muito pelo contrário. E acho que será difícil haver outra como esta.

— Vou aceitar isso como um elogio — disse ele, sorrindo.

— E você sabe fazer mágica ou seu interesse é só como espectador?

— Já tentei, sem muito sucesso. Acho que sou melhor sendo enganado do que enganando. Às vezes pratico os truques que conheço, mas precisaria me dedicar por muito mais tempo para melhorar de verdade.

Nesse momento, Terry entrou com uma fisionomia séria. Parecia abatido depois da breve conversa. Bo se endireitou no assento e olhou nos olhos dele, como quem está decidido a obter respostas para suas perguntas.

— Terry, Hans foi morar com você?

— Não. Ele sempre manteve seu apartamento. Passava muito tempo no meu, mas cada um tinha sua casa. Nossa relação não era como a de Rocco e o professor.

Quantas vezes Terry teria dito aquilo? Para os outros, claro, mas presumi que também para si mesmo. No seu semblante, dava para adivinhar a tensão de quem vive ofuscado pelo passado e ao mesmo tempo atormentado pelo presente, esquecendo-se talvez de que o abatimento do Terry do trem era consequência direta daquele mesmo relacionamento que ele recordava com nostalgia.

— Mas vocês foram juntos a Maiorca, não foram? — insistiu Bo.

— Não. Fui a Maiorca sozinho sete anos atrás. Hans e eu fomos a Cambridge, Massachusetts, um destino menos idílico do que a Serra de Tramuntana — respondeu Terry num tom de alguém que está cansado de ser repreendido.

— A Cambridge? Para quê? — perguntou Bo, franzindo a testa.

— Ele me acompanhou a um congresso. Mas não aconteceu nada do que você está imaginando, nem do que sugeriu Donovan Seymour em seu artigo, em que afirma que levei meu jovem amante para viver uma tórrida aventura nas ilhas Baleares antes de destruir sua vida. Não houve aventura, não foi tórrida e nem fomos às Baleares. Na verdade, Hans nunca foi meu amante. E isso de ter destruído sua vida... bom, aí depende de como você interpreta o que aconteceu.

E depois de listar tudo o que não aconteceu, Terry resolveu contar o que aconteceu de fato.

— Hans se sentia cada vez mais desconfortável em seu apartamento. A frequência e o tom das discussões com seus colegas só aumentavam, com ameaças, gritos e um potencial de violência que rapidamente vinha à tona. Acho que ele sentiu um grande alívio quando o convidei para ir a Cambridge. Passamos três dias lá num apartamento de frente para o rio Charles. De manhã, ele saía para correr pela orla enquanto eu ia para o congresso. Pegávamos comida na Salumeria Rocco, um pequeno armazém italiano que preparava sanduíches com seus produtos: cortavam a *mozzarella*, fatiavam o *prosciutto crudo*, tiravam os tomates secos de potes de vidro enormes e faziam o melhor almoço num raio de 200 quilômetros.

— Salumeria Rocco? — perguntou Bo.

O nome também não tinha passado despercebido para mim, mas não quis interromper.

— É, eu sei. Os caprichos da vida. Você lê isso num romance e não acredita. Enfim, comíamos sanduíches junto do rio e depois do congresso íamos visitar algum dos museus de Cambridge. Ainda me lembro da cara de Hans admirado com a coleção de flores de vidro do Museu de História Natural de Harvard — disse Terry, e Bo tirou-o de seu devaneio por um momento para se dirigir a mim.

— Já esteve lá alguma vez? — ele me perguntou. — Conhece essa coleção?

Respondi que não, mas que havia lido sobre ela em um romance recentemente.

— Você tem que ver. É a coisa mais parecida com a magia, puro artifício. Um repertório de reproduções de plantas e flores que o visitante sabe que são apenas cópias perfeitas em vidro, criadas para fins acadêmicos; a coleção sabe que o público sabe, mas finge com maestria.

Terry olhava para ele com olhos atônitos. Talvez Bo nunca o tivesse interrompido até aquele momento.

— Bom, se você vai nos dar uma aula magna sobre os museus de Harvard, somos todos ouvidos.

Bo afundou no assento e devolveu a palavra ao seu professor, que continuou a história:

— Uma tarde, sentados num banco do calçadão da orla, contei a Hans que a sensação de umidade que emanava do rio me fazia lembrar da minha infância. Nasci no estado do Mississipi e, nessas latitudes, os verões são abafados e devastadores. Respirar a atmosfera aquosa causada pelo rio me levou de volta às noites pegajosas de quando eu era pequeno. Muitas vezes passava-as em semivigília, ouvindo os insetos lá fora e, quando conseguia pegar no sono, sonhava que estava debaixo d'água.

Senti pena de Terry. Eu também sofria daquele sono cansativo e interrompido que é a semivigília, quando o cérebro se debate entre dormir e vigiar. Dormir porque o corpo pede e velar para que esse mesmo corpo não fique sem alguém para vigiá-lo até que chegue o sono da razão.

— Compartilhar com Hans aquelas noites de infância à beira do Mississipi — continuou Terry — o levou a me contar a história que desencadeou o resto da tragédia, a dele e a minha, porque eu também sofri com o sumiço de Hans.

Terry contava enquanto contemplava a escuridão pela janela; de repente, parou e fechou os olhos, perdido em algum lugar de sua consciência. Sempre me chamou atenção que, embora o ensimesmamento ocorra muito profundamente dentro de nós, o termo "ensimesmado" seja intercambiável, portanto, nunca diria que eu, Alice, estou "*enmimesmada*", embora seja a forma mais precisa de denotar esse estado.

— Terry? — disse Bo.

— Desculpe. Estava lembrando o momento em que Hans me contou com tristeza que sua infância também tinha sido marcada por noites turbulentas e, na verdade, bem mais aterrorizantes do que minha semivigília. Justo quando estava adormecendo, tinha visões perturbadoras com uma sensação extraordinária de realidade. Segundo me contou, naqueles momentos às vezes ouvia um barulho cada vez mais ensurdecedor e, ao olhar para cima, descobria um ladrilho pesado caindo do teto, prestes a esmagá-lo. Como não estava bem dormindo, não podia exatamente acordar do horror, mas, quando conseguia sair daquele estado limítrofe, percebia que tinha dormido apenas alguns minutos. Havia infinitas visões angustiantes cuja procedência o menino não conseguia distinguir, talvez fossem obra de seu subconsciente, mas também era possível que estivessem acontecendo na realidade. Segundo me disse, as mais recorrentes começaram meses antes de seus pais se divorciarem.

Terry não ficou mais ensimesmado e continuou a contar aquilo que Hans lhe confessara às margens do rio Charles:

— Aparentemente, seus pais tinham brigas durante o dia que o pequeno Hans nunca soube se continuavam durante a noite. Ele não tinha certeza se aquilo que via ou ouvia pouco antes de dormir correspondia ou não à realidade. Seu pai, um suíço-alemão de quase dois metros de altura, costumava ficar furioso e agressivo naquelas discussões. À noite, as brigas eram sempre mais violentas, e a mãe de Hans mandava o menino assustado ir para o quarto. Uma vez na cama, naquele estado entre o sono e a vigília, o pequeno Hans entrevia a sombra do pai no batente da porta, o contorno da mãe chorando nos pés da cama, os gritos indistintos dos dois, as silhuetas na parede, cada vez maiores, cada vez mais próximas. Ele tentava se mexer e gritar, mas não conseguia. A confusão e a angústia que aquelas noites lhe causavam aumentaram à medida que o relacionamento entre seus pais piorava e, nas semanas anteriores à separação, o menino se sentia vítima de um tormento que o impedia de distinguir os limites entre a realidade e o que seu cérebro sonolento conjecturava.

"Um dia, sua mãe o levou a um psicólogo infantil que recomendou consultar um neurologista especializado em distúrbios do sono. Falou sobre a dra. Ponidopoulos, que tinha um excelente olhar clínico e um jeito receptivo, por isso, muitos de seus pacientes eram crianças. Era grega, mas atendia em Genebra, a apenas uma hora da cidadezinha onde moravam. Após a primeira consulta, a doutora realizou uma polissonografia e outros exames. Os dois se encontraram várias vezes; o menino era tímido, mas se comunicava bem com a médica, que conseguiu fazê-lo perder o medo dos fios e eletrodos.

"Depois de algumas sessões, ela explicou que o que estava acontecendo com ele era conhecido como alucinações hipnagógicas. *Hipno* vinha do grego e significava sono, e *agōgos* significava induzir. Tratava-se de alucinações que podiam ser visuais, auditivas ou mesmo táteis, como pareciam ser no caso do menino, e que ocorriam no momento de adormecer. Hans lembrava que, enquanto a doutora falava com sua mãe, ia fazendo uma tradução *in situ* para ele: 'Senhora Haig, alguns pacientes descrevem isso como vivências paranormais, aparições ou premonições; em todo caso, são experiências que podem gerar grande estresse e ansiedade, embora não apresentem perigo propriamente dito à criança.' 'Hans, algumas pessoas acreditam que o que estão vendo naquele momento é verdade, mas não é, é como um filme de adultos que te dá medo, mas que você sabe que é de mentira.' 'Senhora Haig, as alucinações hipnagógicas muitas vezes vêm acompanhadas de paralisia do sono e, nesse caso, a criança vai sentir que não consegue se mexer, o que pode causar muita ansiedade.' 'Olha, Hans, se você não conseguir se mexer quando acontecer isso, não se assuste, que dura pouco. Respire de olhos fechados e pense nos seus desenhos animados preferidos.'"

Terry contava o que Hans lhe disse que aquela médica havia recomendado. A história retrocedia no tempo e espaço.

— Eu acho — disse Terry a título de explicação — que, embora o episódio estivesse cercado de confusão, apesar de sua pouca idade, Hans entendeu o seguinte:

alguma coisa estava acontecendo com ele, mas a aparência era mais grave do que aquilo que acontecia. Isso, suspeitou Hans, era melhor do que se a situação fosse ao contrário.

Fiquei me perguntando se foi Hans quem lhe disse isso ou se era uma dedução de Terry a partir da história.

— Como Hans me contou, ele se sentiu muito grato à dra. Ponidopoulos por suas traduções para a linguagem das crianças e seu desejo de tirar o medo do seu corpo sonolento, mas foi só quando seus pais se separaram e aquelas discussões terminaram que as alucinações hipnagógicas chegaram ao fim. Depois daquela conversa com Hans, nunca mais me senti tão próximo dele — disse Terry com tristeza. — Fiquei muito comovido com essa história. Perguntei a ele se, desde então, havia sofrido de novo aquelas alucinações. Ele baixou a cabeça e me disse que nunca pensou que teria de lidar com elas novamente. Entretanto, nas últimas semanas, à medida que aumentava a tensão entre seus dois colegas de casa, aquelas visões aterrorizantes retornaram. Fiquei surpreso por aquilo o afetar tanto, sendo já um homem adulto. Mas, acima de tudo, me impressionou a intensidade de sua dor quando me contou isso.

"Eu me lembrei da conversa com Mina no Jane Hotel. Ela havia sentido que algo naquela casa o atormentava. Falei para Hans que eu sabia de alguma coisa, mas não tinha levado tão a sério. Ele me lançou um olhar cheio de angústia; não podia ter certeza do que era aquilo, porque acontecia a mesma coisa que com as discussões de seus pais: ele ia dormir ouvindo-os discutir à distância e, quando se deitava, começavam as alucinações sobre aquelas mesmas discussões. Ouvia palavras ameaçadoras e violentas com uma aparência de realidade alarmante, mas sem saber se estavam realmente acontecendo. Ali residia a raiz de sua angústia, em não saber se, durante aqueles transes, uma pessoa estava destruindo a outra ou simplesmente dormindo ao lado dela. Desde que as discussões entre seus colegas de casa tinham começado e aquelas alucinações tinham voltado, confessou-me com a voz embargada, ele voltara a sentir aquele medo familiar de dormir que, agora como adulto ele sabia muito bem, nada mais era do que medo do medo."

V

Aquela noite, no restaurante vietnamita, Rocco disse que seria eternamente grato a mim por ter arranjado um espaço para ele na minha casa. Era um alívio, garantiu, não ter de voltar ao antigo apartamento, exceto para buscar alguma coisa. Eu confiara nele sem nem conhecê-lo. Por que havia me arriscado?

— Não sei. Alguma coisa no seu jeito me impeliu a agir como se fôssemos íntimos, embora nunca tivéssemos nos visto.

— É verdade... Às vezes temos essa sensação com estranhos, mas você nunca pensou que eu pudesse te roubar ou ficar com a sua casa?

— Passou pela minha cabeça que você pudesse querer me linchar, mas não ficar com a minha casa. Como estou só de passagem, não me preocupei muito pelo apartamento — disse eu, rindo.

— Te linchar? Mas que ideia! — disse ele, dando uma gargalhada. — Nunca passou pela minha cabeça linchar você!

Chegou mais comida e ele levou à boca um rolinho. Quando terminou de mastigar, mudou de expressão:

— Gostaria de me mudar oficialmente para a sua casa e não ter que continuar indo ao meu apartamento antigo para pegar coisas. Formamos um belo time, não? — Antes de continuar, seu semblante ficou um tanto abatido. — Não posso voltar ao apartamento com Emi e Prandi. No começo, achava que eram só altos e baixos, mas é mais do que isso. E eu não posso continuar ali.

— O que quer dizer? É claro que formamos um belo time e você pode se mudar oficialmente quando quiser. Adoro a nossa convivência. Nunca pensei que fosse tão fácil morar com alguém. Mas o que Emi e Prandi fizeram?

— Comigo, nada. Embora as discussões entre eles estejam cada vez mais violentas. Prandi sabe como acalmar Emi, mas não quero continuar sendo testemunha de suas ameaças.

— Você não precisa voltar lá. Como disse, para mim, morar juntos é ótimo: estou escrevendo mais e até dormindo melhor desde que você chegou em casa.

Naquele momento eu devia ter questionado, perguntado a Rocco sobre aquelas pessoas que eu desconhecia. Mas ele estava na minha frente, queria se afastar de sua vida anterior e seguir comigo. Não quis saber de mais nada.

— Morar contigo é a melhor coisa que me aconteceu desde que cheguei a essa cidade — acrescentei.

Era uma daquelas conversas que giram em torno de um tema que se transforma num polo central que nunca se alcança, como o centro de um carrossel. Mas, com meu último comentário, cheguei tão perto que Rocco não teve outra escolha senão revelar tudo.

— Por falar em vida a dois... Não me leve a mal, mas você me convidou para morar contigo esperando que dormíssemos juntos?

Era inevitável que a conversa surgisse em algum momento, mas ao ouvir aquelas palavras, reagi como suponho que muitos homens fariam numa situação como essa, do jeito mais mesquinho e abjeto: como se atreve a insinuar algo assim? Quem você pensa que eu sou? Além de estar oferecendo minha casa, acha que não sei quantos anos tenho a mais do que você? E um longo rosário de impropérios que Rocco aguentou sem dizer nada.

— Desculpa. Como ultimamente temos mais intimidade, preferia te perguntar — disse ele quando terminei.

— Se está me perguntando se precisa dormir comigo para continuar morando na minha casa, a resposta é não. Além disso, faz anos que não tenho interesse em homens.

— Minha pergunta era se você esperava que acontecesse alguma coisa entre nós e se ficou decepcionado por não ter acontecido.

Poderíamos ter continuado assim a noite toda. Pensei em quantas vezes mulheres foram colocadas em situações como a que eu estava criando com Rocco. Me odiei por ser tão caricato. Tentei voltar atrás, engolir a saliva e um pouco de ego.

— Acho que sim. Mas não de forma consciente. Fazia tempo que eu não olhava para um homem. Quando te convidei para morar comigo, fiz isso sem pressupor nada, mas, depois que você chegou, comecei a gostar de ter alguém que fosse testemunha da minha existência, e acho que pouco a pouco fui me sentindo cada vez mais confortável sabendo que esse alguém era você. Mas não me entenda mal, não estou te pedindo nada em troca. Na verdade, sim, dinheiro, mas não muito, só o aluguel que combinamos.

— Pode contar com isso! E hoje o jantar é por minha conta — disse Rocco, dando uma piscadela.

Tudo poderia ter ficado nisso, mas, com o mesmo ímpeto com que lhe propus morar na minha casa, perguntei se ele gostaria de fazer uma viagem comigo a Maiorca na semana seguinte. Como naquela primeira noite afundados nos pufes-armadilha, ele não me perguntou por que, nem quem iria pagar e em que condições. Ergueu sua taça de vinho branco:

— A Maiorca!

Eu tinha marcado a viagem havia quase um ano, numa tentativa de salvar o pouco que restava entre mim e Cynthia, mas fazia tempo que nem uma ilha mediterrânea poderia salvar aquele relacionamento e, como era de se esperar, terminamos antes da data de partida. Se ela tivesse arranhado um pouco a superfície, teria notado que eu já sabia que não haveria um futuro juntos. Mas essa é uma das formas mais antigas e maquiavélicas de transferir a responsabilidade para o outro: eu tentei de tudo! Como pode me culpar? Até organizei uma viagem para Maiorca e você me deixou na mão!

Descobri o hotel num documentário intitulado *Mallorca literaria*. Ficava escondido na Serra de Tramuntana, perto do vilarejo de Deià, na região da ilha que conquistou artistas e escritores, de Robert Graves e Gertrude Stein a Picasso, Cortázar e García Márquez. Quem não teria curiosidade de visitar o lugar depois de ver aquelas imagens e ler *Goodbye to All That*? O hotel era uma construção do século XVI acessada por uma sinuosa estradinha de terra ladeada por oliveiras silvestres. No caminho, passamos por Raixa, uma fazenda de origem islâmica que, durante oito séculos, havia sofrido com incêndios, cristianizações e outras adversidades. Do carro, avistamos a imponente escadaria que abria alas para o lago da fazenda, responsável por alimentar os jardins italianos que a cercavam. Eu dirigia e via Rocco grudado na janela; supunha que ele estaria imaginando o passado daquele lugar. O que aquela casa teria presenciado em oito séculos, e como veríamos tão pouco em nossa curta vida. Embora nunca tenha tido a oportunidade de comprovar isso, sempre pensei que Rocco era propenso a devaneios. Ou talvez fosse eu que, na presença dele, tendia a sair do presente e o imaginava fazendo o mesmo.

Passamos uma semana rodeados pela cor ocre permanente que emana da serra. De manhã, ele saía para correr pelas estradas de terra próximas ao hotel, depois tomávamos café da manhã e, dependendo do dia, visitávamos uma enseada, uma vila, um santuário ou cemitério da região.

Em Nova York, passávamos meses sem respirar um ar que não fosse viscoso e espesso. A brisa mediterrânea de Tramuntana, por sua vez, era leve e entrava sem que percebêssemos. E pensei que o ar devia ser assim, como a água para os peixes, como o amor para as crianças que sempre o sentiram, uma presença que nos circunda sem repararmos nela.

Imagino que Rocco notava os efeitos da leveza em mim e devia perceber que aquela viagem havia acelerado algo; eu não conseguia mais lembrar o que sentia por ele antes de que o desejo passasse pela minha consciência. Agora ele ocupava tudo e, assim como o ar, estava sempre presente.

Uma tarde, estávamos nadando em uma enseada rochosa. Havia um barzinho nas pedras e foi ali, enquanto as sombras do entardecer anunciavam a noite, que Rocco me contou por que havia saído de casa de repente para morar comigo. Disse que tinha conhecido seus colegas de casa, Emi e Prandi, em uma escola de atores e que, diante da necessidade de encontrar alguém para dividir os aluguéis exorbitantes de Nova York, os três foram morar juntos.

— Costuma-se dizer que três é demais, mas eu prefiro acreditar que três é o número mais ímpar, o dígito mais incômodo. Dois podem ser amantes e atirar farpas um no outro ou ceder constantemente; quatro podem se dividir como acharem melhor, mas três é um número impraticável — disse ele.

Quando não estamos cercados pelas quatro paredes que nos abrigam diariamente, às vezes é mais fácil contar. Até aquele momento, eu não sabia quase nada sobre a vida dele. Mas naquela tarde, diante de um mar cristalino e de sombras que se espreguiçavam, Rocco me contou sobre a estranha dinâmica entre seus colegas de casa.

Não teria ido morar com eles se soubesse que eram um casal, me disse. Havia passado mais tempo com Emi porque tinham feito várias aulas juntos: era um sujeito um tanto arrogante e carismático. Mesmo antes de conviver com ele e conhecer seu pior lado, Rocco já sentia algo inquietante na sua presença, pensou que poderia ter a ver com o fato de que os traços de seu rosto eram muito próximos: os olhos, o nariz, a boca, todos reunidos num pequeno espaço no centro da cara, criando a ilusão de que o resto era inutilizado. Prandi também era uma pessoa com carisma; parecia mais apta à reflexão e à escuta do que Emi, e não tinha aquela característica perturbadora. Era um tanto reservada e por vezes esquiva, mas tinha um ar de doce melancolia que sempre fazia com que Rocco ficasse ao seu lado. Não sabia muito sobre ela, e isso também não mudou depois da convivência.

Ele não se importou por não os conhecer direito; muitas vezes era mais fácil dividir o espaço com quem não somos muito íntimos, por uma questão de manter a formalidade, disse. Mas a relação de amor e ódio entre Emi e Prandi tornava impossível manter qualquer coisa naquela casa. Quando se entendiam, havia no casal uma admiração quase delirante que englobava tudo. Literalmente tudo, porque, quando passavam por uma dessas fases, Rocco chegava em casa e encontrava os dois de pé na sala de estar, ensaiando juntos e ocupando todo o espaço, rindo exageradamente, fumando e bebendo o dia todo numa casa tomada por restos de comida, bitucas e caos hormonal. Naquelas fases, tornavam-se amantes estridentes, mas, embora aquilo pudesse ser difícil de aguentar, a outra versão era muito pior. Durante os períodos de ódio, a animosidade entre eles também preenchia tudo. As discussões e os gritos costumavam ser desencadeados pelo ciúme de Emi, que via todos os colegas de elenco, cinegrafistas e técnicos como uma ameaça constante. Rocco nunca conhecera alguém com tamanha capacidade de distorcer qualquer informação até transformá-la num inferno para si mesmo. Era uma situação insustentável, pois Prandi estava, de acordo com a versão tresloucada de Emi, ou o traindo ou prestes a fazer isso com todos os homens que encontrava pela frente.

Nos círculos de atores, os ciúmes e crises de Emi, bem como os altos e baixos da relação, eram amplamente conhecidos e os diretores de elenco tentavam com frequência evitar que trabalhassem juntos ou, em geral, procuravam maneiras de não ter que lidar com Emi, que era famoso por seus ataques de ciúme durante os ensaios, por atrasar e perder a linha.

Na noite anterior ao nosso encontro no Timbernotes, disse, ele havia chegado ao apartamento e se deparado com uma dessas discussões, que eram na verdade ameaças e ultimatos de Emi a Prandi. Os dois tinham feito testes para os papéis principais de *Private Lives*, a famosa comédia de costumes de Noël Coward. Enquanto se preparavam para os testes, Emi parecia entusiasmado com a ideia: ele seria Elyot, Prandi seria Amanda; juntos, não apenas protagonizariam uma das comédias mais engraçadas dos anos trinta, como estariam seguindo os passos de Richard Burton e Elizabeth Taylor, que foram o casal mais lendário a encarnar esses mesmos personagens. Assim como os protagonistas da peça, Burton e Taylor mantiveram um relacionamento complicado e tempestuoso. Suponho que Emi imaginou que ele e Prandi também tinham um relacionamento tortuoso e que, com aqueles papéis em *Private Lives*, o círculo se fechava perfeitamente.

Mas o dia do teste chegou e não deram a Emi o papel de Elyot. E não só isso, como também Prandi conseguiu o de Amanda. Passaria semanas ensaiando e atuando ao lado de Fran, o ator que interpretaria Elyot. Emi queria que Prandi desistisse de seu papel, mas ela se negava categoricamente. As ameaças eram como das outras vezes, mas Emi estava ainda mais fora de si: como se atreve a fazer isso comigo, eu não mereço, você não liga para o meu sofrimento, mas eu também posso te fazer sofrer e arruinar sua carreira e sua vida, posso te obrigar a deixar o papel, estou te pedindo por bem e você não está nem aí, então vai por mal.

Quando Emi saiu pela porta possuído de raiva, Rocco se sentou ao lado de uma Prandi chorosa e fez o que até então não tinha feito: tomou partido. Por que ela tinha que aguentar aquelas ameaças? Podia inclusive denunciar o comportamento de Emi. Ela tinha que seguir sua vida sem ele, aquilo era cada vez mais inaceitável. Ela o defendia alegando que depois ele se acalmava, que voltaria chorando e pedindo desculpas.

Em algum momento da conversa, Rocco e Prandi disseram boa-noite e foram se deitar. Era tarde e não iriam resolver nada. Pouco depois, Rocco ouviu Emi chegar. Escutou sussurros e barulhos na cozinha. Imaginou que, mais uma vez, Emi teria pedido perdão e Prandi o teria perdoado.

Quando Rocco acordou no dia seguinte, Prandi não estava e Emi o esperava sentado no sofá da sala. Ele sabia que na noite anterior Rocco havia se intrometido. Como ousava? Era seu amigo. Emi estava furioso e indignado; emanava dele uma frieza que Rocco interpretou como a melhor representação do mal calculado: você não sabe do que eu sou capaz, se for preciso, eu mato vocês dois. Você, para que cale essa boca e não lhe dê mais conselhos venenosos; e ela, para que não faça aquela maldita peça.

Rocco sentiu pânico e medo em algum lugar recôndito dentro de si, um temor primitivo. Pediu desculpas por ter se intrometido. Tinha razão, disse a ele, não devia ter falado com Prandi. Sabia que precisava sumir da vista de Emi, e também de sua órbita. Vestiu a primeira coisa que encontrou, pegou a jaqueta de couro pendurada ao lado da porta e deu o fora como pôde. Entendeu que não podia voltar, entendeu o que às vezes sabemos apenas com nosso corpo: o potencial da violência, que alguém é capaz de ir muito mais longe do que nós, que pode nos destruir porque não vai parar até que seja tarde demais.

Rocco desceu correndo as escadas e se afastou da casa, da rua, do bairro, passou o dia todo caminhando sem rumo. Chegou à altura do Soho e, suando, entrou no Timbernotes. "Se for preciso, eu mato vocês dois." Instalou-se no balcão sem saber mais o que fazer. Dali, ele olharia para mim horas depois quando eu entrasse procurando um refúgio do calor nova-iorquino.

VI

Um tempo atrás, li um estudo que documentava a decepção sentida pelo cérebro dos viajantes quando, após verem fotografias do lugar idílico para onde estão indo, chegam ao seu destino. Deitado na praia caribenha, a brisa é perfeita e o mar convida a um mergulho, mas há algo que não corresponde às fotos que ele viu antes de chegar. O que muda entre a realidade e as imagens paradisíacas? A própria pessoa, é claro, ali deitada com sua mente, seus murmúrios internos e misérias. Não há recife de coral que possa deter a torrente de pensamentos ruminantes que cada um carrega consigo. É que os lugares idílicos o são porque existem à margem do nosso discernimento, mas a história muda quando estamos no meio das palmeiras.

Naquela baía perfeita, enquanto Rocco falava sobre seus medos, compreendi que não havia água cristalina nem luz dourada capazes de acabar com a inquietação causada pelo episódio em Nova York.

— Você não pode voltar, Rocco.

— Eu sei. Mas ainda tenho coisas naquela casa. Levei apenas uma mochila pequena. Um dia fui até lá para buscar algo e, por sorte, não cruzei com Emi nem com Prandi, mas gostaria de recuperar o que deixei lá, principalmente minhas fotos, uma delas em especial.

— É verdade que você parou de atuar só para não se encontrar com eles?

— Sim. Pensei até em ir embora de Nova York. Quando nos conhecemos no Timbernotes eu estava considerando isso. Aí, tudo mudou quando você me convidou para morar na sua casa. Mas aquela noite entendi que precisava me distanciar deles. Eu também tinha feito o teste para o papel de Elyot. Ainda bem que não me deram. Já imaginou? Se tivesse conseguido, não sei o que Emi teria feito comigo aquela noite.

— E aqueles testes de luz que você comentou?

— Comecei recentemente. Preciso de dinheiro. Também saí da agência de modelos para evitar encontrar Emi e já faz tempo que não recebo nada. Tenho medo por Prandi, pelo que ele pode fazer com ela, mas também porque, se um dia ela o deixar, mesmo que seja daqui a muito tempo, Emi virá me procurar por ter sugerido a ela que repensasse seu relacionamento com ele.

Reconheci sua inquietação. Era o tormento causado pelo medo quando acompanhado da falta de recursos — e quando não é assim? Se Rocco tivesse meios, poderia sumir de verdade, se afastar para sempre de Emi e encontrar um jeito de se proteger, mas a precariedade e o medo são dois lados da mesma moeda: às vezes só vemos um, mas o outro sempre está por trás.

— Que horror! Não volte mais lá. Se tiver que ir buscar suas coisas, que seja uma única vez, e rápida. Eu vou contigo, saímos rápido e sem deixar rastro. Você pode morar lá em casa pelo tempo que quiser e, se eu me mudar de Nova York, você também pode vir comigo. Poderíamos mudar de vida juntos. Aqui! Em Maiorca!

De novo minha língua agindo por conta própria.

— Te agradeço. Desde que me instalei no seu apartamento, tudo ficou mais fácil, por isso não vou recusar sua oferta. Mas vamos pensar um pouco e, por ora, curtir esse lugar. Quando voltarmos daqui a uma semana, não vamos acreditar que estivemos aqui hoje, jantando de frente para esse mar, como se fôssemos invencíveis.

Brindamos com o pouco vinho que tinha sobrado do jantar, virando o finzinho das taças. Paguei e voltamos ao hotel. Era uma daquelas noites mediterrâneas de verão: cigarras, aroma de pinheiro e um céu muito escuro repleto de estrelas.

O quarto tinha uma pequena varanda de onde avistavam-se os olivedos. Me apoiei no parapeito e ouvi o barulho do chuveiro. Rocco chegou por trás e me envolveu com seus braços. Com uma pequena toalha enrolada na cintura, me girou, pegou minha mão e me puxou para perto dele.

O sexo não é sempre uma troca de alguma coisa? Isso não faz dele um ato de transação em todos os casos? Não é preciso entregar um envelope cheio de notas para que haja um acordo entre duas pessoas que dormem juntas. Alguns arranjos são explícitos e nos parecem de mau gosto, outros são elegantes, outros fazem parte da nossa estrutura social. A lista do que se pode receber em troca de sexo poderia ser infinita: fidelidade, casas, cuidados, viagens, proteção. Há muitos motivos para se dormir com alguém; os de Rocco não eram os mais populares (desejo, amor), embora eu esperasse que não fossem os de pior reputação (necessidade, obrigação), mas algo mais leve (gratidão, lealdade).

Na manhã seguinte, quando acordei, Rocco não estava lá. Quantas cenas já foram reproduzidas no cinema desse momento em que um braço estica até o outro lado da cama para encontrá-lo vazio. O amante ausente que, ou foi embora para nunca mais voltar, ou está prestes a entrar com café e croissants. Olhei para a porta e não vi seus tênis de corrida.

Tomei banho, passei perfume e fiz o possível para não representar o papel do amante quase quarenta anos mais velho que o rapaz com quem ele acaba de ir para a cama. Tentei esperar sem dar na vista, parecer distraído com um livro e com a paisagem. As camareiras chegaram para servir o café da manhã na varanda; foi ali onde tudo começou. Enquanto deixavam o café, Rocco apareceu sem camiseta pela porta da sacada. Cumprimentou suado e ouvi a água do chuveiro.

Quando saiu, agia com leveza. Pensei que talvez o que era um mundo para mim poderia não ser para ele. Era um rapaz encantador e sedutor que podia usar seu charme quando quisesse; talvez aquela manhã não fosse escandalosamente nova para Rocco. Antes de se sentar à mesa, me deu um beijo na bochecha. Ele não tinha feito isso antes de irmos para a cama, mas também não era algo de cunho sexual. Na verdade, se parecia muito com o beijo que os filhos dão nos pais quando chegam em casa.

Tomamos o café, planejamos a manhã e, pelo resto da semana, não falamos mais sobre o que aconteceu aquela noite. Também ninguém mencionou o retorno a Nova York, as ameaças de Emi ou a necessidade de ele se afastar dos dois. Nadamos, fizemos turismo, bebemos licor de ervas, comemos *ensaimadas*,* lemos em voz alta *Por qué vivo en Mallorca* e, no aeroporto de Palma, esperando o voo de volta para Newark, Rocco tocou no assunto.

— Obrigado por não me pressionar para tomar uma decisão ou entender o que há entre nós.

— A proposta de morar lá em casa continua de pé. E o que aconteceu aquela noite não precisa fazer parte do trato. Quer dizer, para mim seria uma honra. Não uma honra, desculpe, não quis dizer isso. Seria algo que eu gostaria que acontecesse. Mas não se você não quiser.

— Eu entendi. Obrigado. Acho que preferiria conviver como amigos. Depois, com o tempo, a gente vê.

— Claro. Como antes. Quando chegarmos a Newark, vou passar uma noite em Princeton para visitar um

---

* Doce típico das ilhas Baleares, geralmente servido no café da manhã. *(N. da T.)*

velho amigo, aproveitando o trem direto do aeroporto. Vou jantar com ele e ficar na sua casa. Lá tem quartos de sobra, caso você queira vir junto.

— Você falou sério sobre eu me mudar para sua casa de vez?

— Sim.

— Então, quando chegarmos a Newark, é melhor eu ir até a minha para pegar todas as minhas coisas. Assim, amanhã mesmo eu me mudo.

— Não prefere vir para Princeton e amanhã vamos juntos à sua casa? Assim, não precisa estar sozinho lá.

— Acho que prefiro fazer isso o quanto antes. Se Emi e Prandi estiverem em casa, vou embora e nós dois vamos juntos outro dia.

Com o fuso horário e o tempo de voo, chegamos ao aeroporto de Newark no meio da tarde. De lá, fui para Princeton e ele, para a Penn Station, em Manhattan. Tudo o que vou contar a partir de agora ele me contou no dia seguinte, quando cheguei em casa e o encontrei suando, falando atropeladamente e sem parar de andar em círculos.

No caminho para seu apartamento, Rocco pegou duas caixas no supermercado para guardar seus poucos pertences e se mudar para longe de Emi e Prandi. Subiu as escadas e tocou a campainha. Ninguém respondeu.

Tocou novamente. Nada. Abriu a porta e foi até seu quarto: começou a tirar roupas dos armários, pegou seus livros e fotos. Não tinha muita coisa, mas levou mais tempo do que havia imaginado para organizar tudo.

Em algum momento, acabou adormecendo na cama. O cansaço da viagem, o jet lag e o calor pegajoso de Nova York foram maiores do que ele, que tentou se manter acordado sem sucesso.

A porta do quarto estava aberta. Entre sonhos, Rocco pensou ter ouvido as vozes de Emi e Prandi. Devem ter voltado enquanto ele cochilava. Ouviu-os discutirem, tentou se levantar, mas estava preso no sonho. Teria caído em sono profundo ou continuava acordado? Reconheceu os gritos e ameaças de Emi, as respostas de Prandi, o choro dos dois. Da cama ele podia ver o sofá da sala. Viu Prandi desabar nele, exausta de discutir, com a expressão de alguém que não tem forças para continuar. Rocco a observou dormir, sentiu que estava dormindo com ela, que compartilhavam o sono. Será que estava sonhando com aquelas imagens ou as testemunhava em um estado de semivigília? Enquanto ambos dormiam, Rocco viu Emi esvaziar um nécessaire do qual caíram vários frascos de comprimidos. Viu-o esvaziar esses frascos e, ato contínuo, esvaziar as cápsulas, pó branco no fundo de um copo, uma torneira aberta, Emi mexendo o líquido com uma colherinha, Emi recolhendo os frascos vazios. Rocco não podia estar vendo tudo aquilo. Emi o descobriria ali, deitado na sua cama. Teria fechado a porta se aquilo estivesse acontecendo de verdade; como deixaria que ele presenciasse aquela cena? Era um sonho ruim de Rocco, seus medos representados diante dele, os atores da noite encenando seu pior pesadelo. Podia estar dormindo; não conseguia se mexer. Prandi dormia e ele velava seu sono, ou o contrário. A voz de Emi. Levante, meu amor, tome isso, você está muito nervosa, por isso não consegue dormir. Vai se sentir melhor assim. É um copo d'água com um dos seus ansiolíticos, só isso. Beba devagar, cuidado, não vá se engasgar, que você não sentou direito.

Rocco continuou dormindo e sonhando. Sonhava o sonho de um louco, sonhava o que sempre temeu que acontecesse e, ao sonhá-lo, o espantaria, porque aquilo não iria mais se repetir, no sonho e na realidade, na realidade e no sonho. Rocco sonhou e sonhou sem poder sair da cama. Quando acordou, no meio da noite, não ouviu nada. A porta do seu quarto continuava aberta. Não havia nenhum barulho na casa, não devia ter mais ninguém lá, como quando ele chegou. Havia tido sonhos doentios, o delírio de um louco febril, com jet lag, cheio de medos. Tinha que se levantar e ir embora antes que alguém chegasse e seus pesadelos virassem realidade.

Pegou as duas caixas, enfiou ali as pilhas de roupa que tinha feito, os livros, as fotos e saiu do quarto sem fazer barulho. Assegurou-se de levar o que considerava seu tesouro: uma fotografia com sua mãe na qual os dois riam e olhavam para a câmera enrolados em toalhas, imitando a posição e o gesto de uma estátua de pedra à sua direita. A sala estava na penumbra. A casa toda no escuro. Ele só precisava dar poucos passos até a porta principal. Sabia como chegar, embora não pudesse ver. Mas são apenas alguns segundos em que realmente não vemos nada; logo os olhos se acostumam à escuridão e, quando isso acontece, vão nos mostrando a realidade pouco a pouco, como um quadro que é lentamente descoberto. As sombras revelaram o vulto de Prandi no sofá. Mas o que foi que Rocco viu? Muitas vezes ela acabava adormecendo no sofá da sala. Ele poderia ter sonhado as cenas doentias e que Prandi estivesse dormindo, como qualquer outra noite.

Rocco poderia se aproximar dela, colocar a mão em sua testa, sacudi-la, certificar-se de que estava viva. Ou poderia ir embora, porque a porta estava na sua frente e porque ele já havia tentado ajudar Prandi uma vez.

E essa tentativa havia terminado com uma ameaça de morte por parte de Emi.

Muitas vezes, o instante que origina todos os outros é apenas fruto do enigmático acaso. A vida depende de um espermatozoide fecundar um óvulo saudável; e a pessoa que sair dele, e ganhar vida ou acabar com ela, depende da informação genética desse óvulo e desse espermatozoide, e de como eles se misturarem, de o embrião aderir com firmeza à parede do útero e continuar crescendo saudável. E depois de tudo isso, sua história ainda nem terá começado.

No momento em que Rocco estava de pé com suas caixas na sala imersa em penumbra, decidindo se deveria ou não se aproximar de Prandi, um alarme de carro disparou na rua. Isso acontece todas as noites em Nova York, mas o alarme daquele carro estacionado justamente debaixo da janela do apartamento assustou o petrificado Rocco, que, num sobressalto, pulou em direção à porta, abriu-a e saiu correndo daquela casa pela segunda vez. Pegou a foto com sua mãe, jogou fora as caixas com tudo dentro assim que dobrou a esquina e correu. Prandi havia se mexido quando o alarme disparou? Tudo aconteceu muito rápido. Mas só porque uma pessoa está dormindo profundamente não significa que ela esteja morta.

Na sua mochila, a foto e a sunga ainda molhada do último mergulho em Maiorca. Rocco correu em direção à minha casa. Correu se perguntando se a sunga estaria molhando a foto, se amaldiçoando por ter voltado, por ter testemunhado algo ou sonhado com aquilo, por ter abandonado Prandi. Mas se ela já estivesse morta, o que iria fazer, não havia mais ninguém no apartamento, a culpa recairia sobre ele. Talvez fosse isso que Emi estava tentando, por isso não o acordou. Mas e se ela estivesse viva? Será que ainda não poderiam ajudá-la? E o que ele diria à polícia? Que pensava ter visto algo, mas havia a possibilidade de ter sido apenas um pesadelo? Devia ter sido só um sonho. Emi não iria despejar um frasco inteiro de comprimidos diante dos olhos de Rocco. Ah, mas eram os olhos de uma pessoa adormecida, os olhos de alguém que, dormindo, entrou no sono da razão, e esse, como sabemos, produz monstros.

Ao relembrar as confissões de Hans sobre aquelas alucinações hipnagógicas, Terry exalava culpa; falava como alguém que carrega o peso da vida, dos íncubos da noite, o peso de estar ali, naquele trem, sem saber o que havia acontecido com Hans Haig.

Naquele momento, como ainda não tinha lido *Rocco*, eu não entendia o significado integral daquela conversa às margens do rio Charles. Sabia que Terry havia usado informações sobre a vida de Hans, mas não podia dimensionar como ou quanto. Bo, sim, tinha lido o romance. E quando Terry terminou a história, ele permaneceu quieto, observando seu professor, com as costas coladas no espaldar do assento, como se nunca fosse conseguir desgrudar dali.

Alguns minutos se passaram. Terry olhava pela janela e Bo continuava em silêncio, mas o silêncio sempre se quebra.

— É pior do que aquilo que Seymour escreveu em seu artigo sobre *Rocco* — disse finalmente. Terry assentiu. — Ele achou que você tinha revelado um relacionamento com Hans que ele não queria divulgar, mas não foi isso. Seymour não estava a par das alucinações que Hans sofria, mas mencionou a violência dos colegas de casa, então, alguma coisa ele sabia. Eu quis acreditar que foi um exagero e que aquilo não era relevante. Mas é claro que era!

— Eu sei — respondeu Terry.

— Mas o que passou pela sua cabeça? — gritou Bo. — Era a vida dele!

Talvez Terry agradecesse a reprimenda. É possível que houvesse nela uma pequena redenção, o alívio por compartilhar a amargura.

— E como Hans *não* iria desaparecer? O que você esperava que acontecesse? O que ele te disse foi exatamente o que você contou para nós?

— Sim. Foi como ele me contou, embora eu nunca tenha levado totalmente a sério.

— E você, com essa informação, foi lá e escreveu tudo aquilo sobre Emi e Prandi e a noite em que Rocco chegou e acabou dormindo...

— Não com *essa* informação, Bo; na verdade, *me baseando* nessa informação, mas apenas como material para um relato de ficção. Eu escrevi um romance, não a vida de Hans!

— Mas isso depois que ele te contou sobre o histórico de alucinações dele! Você perguntou a opinião dele? Ele te autorizou? — disse Bo, levantando a voz novamente.

— Eu lhe mostrei alguns capítulos do romance, mas não se pode ter a aprovação de todos. Se a ficção exigisse a autorização de todas as pessoas, nada jamais seria escrito.

Bo balançou a cabeça e ficou em pé, como quem perde a paciência.

— Hans sabia que você ia escrever aquilo? Tanto faz que tenha mostrado a ele as bobagens de Miffy, o furão, e daquele comediante. Ele chegou a ver a segunda parte de *Rocco*, os últimos capítulos, antes de o romance ser publicado?

Terry fechou os olhos com uma expressão triste e Bo saiu do compartimento.

Sem dizer nada, Terry se encolheu contra o vidro ainda de olhos fechados. Se ele se lembrava de que eu continuava ali, não houve nenhum indício.

Que noite longa, quantas palavras haviam cruzado a ilha e sua escuridão... Mas logo ficariam para trás todas as confissões, as farpas e as revelações. Presumi que elas ainda acompanhariam Bo e Terry por um tempo.

Muitas vezes sentimos que há reviravoltas decisivas nas histórias. Quando Bo saiu do compartimento, certamente achou que aquela informação antes desconhecida mudaria a concepção que tinha de Terry. Com a chegada do vírus, eu também tive a impressão de que uma nova realidade se impunha. Mas, no centro de tudo aquilo que nos acontece e que nos contam, estamos nós mesmos, como já estávamos antes dessa reviravolta. Por isso as novidades duram pouco e o rio sempre volta ao seu curso, porque todas as nossas histórias têm um protagonista em comum, e isso ajuda a manter a continuidade.

Quando cheguei ao aeroporto de Barajas, não tive a sensação de ter percorrido todo o espaço que o avião acabava de atravessar: de Socotra a Abu Dhabi, de lá para Londres em um longo voo e de Londres a Madri. Não era terra que eu havia cruzado, mas tempo. Senti como se tivesse viajado através de meses e anos, com todos os seus dias, impulsionada ao futuro e não a milhares de quilômetros, como realmente foi.

Era o dia 1º de março de 2020 quando aterrissei em Madri. O trajeto de táxi entre Barajas e meu apartamento, perto de Moncloa, me deu a primeira pista de que estávamos prestes a ser soterrados por algo inédito até então, a virada da história que transformaria a realidade em algo mais parecido com um cenário de ficção. O taxista falou sem parar sobre o que estava por vir, sobre a incerteza que acompanhava aquele monstro microscópico. Falou com aflição e medo; medo, disse, pelos seus pais: o que seria deles se ficassem doentes? Eram idosos e moravam numa casa popular sem calefação; medo pelos seus filhos, que eram pequenos e não teriam com quem ficar se fechassem a escola; medo pela sua renda, que acabaria se mandassem os taxistas para casa. Podia se tratar de um hipocondríaco, embora ele falasse de um jeito sensato. Essa foi a primeira pista; se aquele homem temia pelo bem-estar de toda sua família, talvez o monstro fosse, ao mesmo tempo, microscópico e titânico. Desejou-me boa sorte, me deixou na rua com minha mochila e acelerou assim que fechei a porta.

Sem acesso à internet pelo celular, mal pude acompanhar as notícias e imaginei que, chegando em Madri, minhas colegas de apartamento me atualizariam sobre a magnitude daquilo tudo. Ao subir, constatei que não havia ninguém. O apartamento me pareceu familiar e ao mesmo tempo desconhecido, uma sensação perturbadora de ver pela primeira vez o lugar que mais frequentamos. No meu quarto, tudo estava como eu havia deixado, incluindo o pijama, que continuava debaixo do travesseiro. Tinha ficado ali aquele tempo todo. Enquanto eu soluçava afundada na duna, enquanto percorria os quilômetros entre Delisha e Hadiboh, meu pijama estava ali. Inclusive, continuaria ali se eu não tivesse saído viva da ilha. Alguém teria que vir, desarrumar minha cama e fazer alguma coisa com aquele pijama. Mesmo se o vírus acabasse comigo e com minhas colegas de apartamento, com todo o bairro e com toda Madri, é possível que ainda assim o pijama continuasse dobrado debaixo do travesseiro durante um tempo, porque as coisas tendem a permanecer onde as deixamos, e anos podem se passar e vidas acabar, mas elas persistem, teimosas, no lugar onde foram depositadas. Me lembrei do *Gulf Dove*, o imenso navio petroleiro encalhado na areia da praia. Ele continuaria ali, impassível, enquanto o mundo se preparava para vivenciar sua calmaria; seu colossal esqueleto continuaria vazando, vigiando a costa de Socotra enquanto eu já estava em Madri, no apartamento de Moncloa, sentindo o toque do meu pijama de algodão.

Deixei a chave e a mochila e vaguei pela casa. As superfícies limpas, as plantas viçosas. Não havia ninguém, mas o lugar não estava vazio há muito tempo. Na geladeira, um bilhete:

Alice:

Te mandamos áudios, mas você não escutou. Paula foi para o interior e eu para o apartamento do meu pai em Navacerrada. As coisas estão piorando em Madri, mas quando você chegar, tudo já estará resolvido. Tomara. Avise quando estiver em casa.

Beijos,

PAULA E GENO

Levei três dias para conseguir falar com elas, para lavar a roupa, me lavar, ler as notícias, entender o que já havia acontecido e o que estava acontecendo. Os parques e lojas foram fechados. Madri ia ficando vazia. Havia uma nova situação a ser enfrentada, era preciso dar um nome a ela e integrá-la ao que existira até então.

Durante a primeira semana que passei em Madri, meu fim com Daniel parecia, por um lado, algo recente e, por outro, há anos-luz de distância, em outro plano narrativo. O vírus era o novo presente, aquele que sempre acaba se impondo. Neste caso, porém, temi que o presente da pandemia, com seu isolamento e silêncio, pudesse fazer do fim abrupto em Socotra uma realidade mais difícil de engolir. E assim foi. Embora não totalmente.

Eu me levantava de manhã cada vez mais tarde e sonolenta. Supus que era o peso do manto que pairava sobre Madri e sobre o mundo. E em parte era, mas só em parte. Uma manhã, acordei com vontade de vomitar. Corri para o banheiro e depois desabei no sofá. Minutos depois, voltei a vomitar. Ajoelhada no banheiro pela segunda vez, eu soube, com a mesma certeza com que soubera que Daniel não estava em Socotra aquela manhã, que eu estava grávida.

Imagino que Jananiah tenha suspeitado, pois quando você tem quatro filhos, deve ser mais fácil pressentir esse estado, mesmo que seja em outro corpo. Mas o cansaço daquele dia, a euforia de saber que eu estava viva, a longa viagem de volta, a ameaça do vírus, tudo havia contribuído para que aquela mensagem no celular de Jananiah ficasse enterrada em algum lugar do meu cérebro, não completamente enterrada, mas escondida sob cenários e medos iminentes. Assim, eu sabia e ao mesmo tempo não sabia, e as duas realidades eram verdadeiras. Porque, como logo iria descobrir no hospital San Carlos, estive grávida, sim, mas não estava mais.

Enquanto os profissionais de saúde se preparavam para uma catástrofe, precisei ser atendida por especialistas, anestesistas, cirurgiões, ser internada e curada de algo que havia deixado de ser e já não era. Senti por aqueles médicos uma gratidão vital, por todas as vezes que me estenderam a mão e por todas as palavras que agiram como bálsamo para uma ferida que estava apenas começando a se abrir.

Com a evolução da pandemia, os profissionais da saúde eram homenageados e aplaudidos. Eu também fiz isso. Todos os dias, às oito da noite; era o momento de ver outros rostos nas sacadas, para nós que estávamos sozinhos. Admirei-os e agradeci-os pela sua dedicação inestimável e pela sua vida (para muitos, custou a vida), mas como minha tragédia era pessoal, na minha cabeça todos os aplausos iam sempre para a equipe do San Carlos. Todos eram aqueles enfermeiros, maqueiros, auxiliares, cirurgiões; todos os médicos eram a doutora Mari Cruz, com sua vitalidade e humanidade, sua juventude e sabedoria. Apesar de nunca mais tê-la visto depois de ser sua paciente na segunda semana de março de 2020, sempre me lembrei dela.

Quando Terry nos contou sobre a profunda gratidão que Hans sentira pela neurologista Poni-não-sei-das-quantas, pensei em Mari Cruz e no restante da equipe. Entendi como aquela médica adorável o confortou na infância. Será que ele teria pensado nela anos mais tarde, durante a pandemia? Hans continuava sendo um desconhecido, mas sua história havia se cruzado com a de Terry, e a de Terry, com a minha. E, desde então, sempre senti afinidade por ele. Hans nunca deixou de fazer parte dos meus pensamentos, assim como nossos mortos e personagens de ficção favoritos, ainda que sua presença seja espectral.

Onde antes havia uma vida incipiente, agora não havia mais. Foi por causa do esforço intenso em Socotra? Por aquelas caminhadas e aquele cansaço? Não souberam me dizer. Não tinha um porquê. Era comum que algo assim acontecesse nas primeiras semanas de gravidez.

Há muitas condições e estados que só as mulheres vivenciam. Me lembrei do numeral chinês *ling*, aquele termo que denota uma ausência decorrente da presença que ali existiu. Sim, os corpos das mulheres, com sua capacidade infinita de abrigar vida e de perdê-la, de se metamorfosear e transformar, são frequentemente atravessados por um *ling* desolador do qual precisarão se recuperar. Pensei nas esculturas de Bruno Catalano. Nelas, o vazio toma conta de uma parte inteira do corpo; são figuras sem ventre ou abdômen, com o tronco quase inexistente, conectado apenas por um fiozinho de matéria, embora nada em sua disposição revele a ausência que carregam. Assim como elas, eu também arrastava um *ling* espectral fingindo que ele não existia.

Os dias posteriores à intervenção foram frios como o centro cirúrgico e solitários como os parques, com um eco que retumbava nos tímpanos. Havia uma tragédia coletiva que começava a ceifar vidas rapidamente e não iria parar. Existia um sentimento de união contra esse ataque, mas ele logo se transformou no cenário apocalíptico das misérias individuais. Todas elas afloravam, iam se infiltrando pelas frestas do cotidiano, podiam ser vistas nos rostos daqueles que aplaudiam. As histórias de cada um que despontavam e logo irromperiam: mais violência contra as mulheres, mais abusos domésticos. Todas elas brotavam e revelavam seu horror quando se arranhava para ver o que havia sob o manto de silêncio e quietude.

Depois do procedimento, eu costumava sentir a febre subindo. Chegava sempre acompanhada de imagens de árvores de dragão, de dilaceramento, de ruas e praças e parques vazios, de um silêncio estrondoso, de uma solidão abismal.

Uma semana após a intervenção médica, quando cheguei em casa depois dos exames, vi que havia uma carta na caixa de correio. Não tinha selo, então alguém a havia deixado ali pessoalmente. Era de Arturo Belando, que morava no meio do caminho entre minha casa e Moncloa. Não teria sido difícil para ele ir até minha caixa de correio com a desculpa de sair às compras.

> Querida Alice:
>
> Gostaria de me desculpar pelo que aconteceu. Um dia, quando vocês estavam na ilha, Daniel conseguiu sinal de cobertura e me telefonou. Disse que a viagem ia bastante mal, que vocês dois discutiam muito, que você mal conseguia acompanhar o ritmo e que ele estava cansado de te carregar. Pedi a ele que não prolongasse a história, te arrastando pelo barro do fim da relação, que terminasse de uma vez e causasse o mínimo de dano possível.
>
> Agora que sei como tudo terminou, receio que aquela conversa possa ter contribuído para o que aconteceu depois. Nunca

pensei que ele pudesse terminar o relacionamento te deixando sozinha em Socotra. Quando ele chegou a Madri, me contou tudo e não falei mais com ele, apenas para perguntar se você já estava aqui. O guia de vocês lhe disse que você entrou no avião, e há algumas noites estou vendo luz na sua casa.

Posso te ligar um dia para conversarmos? Eu temia que Daniel aprontasse uma das suas, mas não imaginei algo assim. E ainda por cima essa emergência de saúde que ninguém sabe como vai acabar.

Com carinho, do seu professor e amigo,

ARTURO B.

O bom e velho Arturo. Mas ele não sabia que o abandono de Daniel em Socotra e a emergência de saúde haviam se tornado um cenário para minha solidão. Não seria eu quem iria lhe dizer alguma coisa, tampouco Daniel, que nunca soube o que aconteceu nem o que não chegou a acontecer.

Tentei responder a Arturo, mas não sabia como. Daniel e ele voltariam a ser amigos. Era assim que devia ser. Um era parte da história do outro e, com o tempo, eu seria uma nota de rodapé na amizade deles. Fiz um pedido discreto para mudar de orientador. Eu não o culpava por ter tido aquela conversa com Daniel — que não poderia ter sido a causa do que seu amigo fez depois. Não o perdoei porque não tinha nada para perdoar e porque o perdão são apenas palavras, como as promessas; atos performativos da linguagem que buscam ter um efeito sobre a realidade. Dizemos "eu te perdoo" ou "eu te prometo" na esperança de desencadear uma sequência de eventos futuros, mas sempre podemos voltar atrás e dizer não, na verdade não te perdoo, ou, como diria Hipólito na peça homônima de Eurípides há 2.500 anos, "minha língua jurou, mas não meu coração", quebrando assim a primeira promessa do mundo ocidental. De volta a Madri, decidi que minhas palavras não teriam mais efeito sobre a realidade de Arturo Belando ou de Daniel.

Quando decretaram o fim do isolamento, comecei a sair para caminhar pelo Paseo del Pintor Rosales, com o Parque del Oeste à minha direita. O céu de Madri sempre teve vida própria. Antes da pandemia, quando a cidade era puro agito e movimentação, muitas vezes eu tinha a impressão de que o céu respirava suspenso feito espuma de sabão, sem alterar ou acelerar seu ritmo, apesar de seus habitantes frenéticos. Por outro lado, durante aqueles dias estáticos, o manto de silêncio que cobria a cidade só era perfurado pela febril atividade celeste. Ao entardecer, sentada nos bancos em frente ao parque, eu observava a velocidade com que as nuvens tingidas de alaranjado passavam, a explosão de listras violeta, o sol vermelho incandescente que se punha, decidido. O céu de Madri falava e nos dizia que o tempo estava passando, que aquilo não duraria para sempre, que ele se encarregaria de pôr um fim àquele dia. O céu era movimento, por isso eu o escutava.

Um tempo atrás, durante minha primeira estadia em Londres, eu me envolvi num relacionamento que se prolongou excessivamente. Na mesa de uma sorveteria, eu mantinha um monólogo comigo mesma e, na minha frente, estava o homem com quem eu já deveria ter terminado. Naquela tarde, fui o tipo de pessoa que insiste e busca explicações onde não há: Mas o que é que você quer? Por que muda de ideia, num dia me ama e no outro não? O que eu faço com isso?

Agora sei que as pessoas pouco elegantes falam muito quando não devem e calam quando precisariam falar. Só que na época eu ainda não sabia disso. E aquele era um homem pouco elegante, que calava com o olhar impávido enquanto o sorvete derretia e eu respondia minhas próprias perguntas: Se você não diz nada é porque não se importa, porque no fundo não está nem aí para o nosso relacionamento, mas você podia decidir alguma coisa. E um longo e tedioso *et cetera*.

Quando fui ao banheiro, uma moça entrou atrás de mim e me olhou através do espelho. "*Get out in time*", foi sua mensagem lacônica. "Como?" "*Get out in time*", repetiu. Quer dizer: saia dessa a tempo. Me virei e ela ainda disse mais uma vez, segurando minha mão: "*Get out in time and, then, give time, time.*" Saia dessa a tempo e, então, dê tempo ao tempo.

Suponho que, de alguma mesa próxima, ela tinha ouvido meu lamentável solilóquio. Transmitiu a mensagem como quem cumpre sua missão e saiu do banheiro sem dizer mais nada. Tenho apenas uma imagem dela, cada vez mais turva: olhar esfuziante, cabelo loiro curto e óculos de sol servindo de tiara. Quando ela saiu, pensei que talvez estivesse louca, ou quem sabe fosse um anjo ou fada madrinha. Ou talvez algum sapo reencarnado numa menina loira que pulou dos contos de princesas para avisar que não havia razão para sair beijando tantos batráquios em busca de um príncipe infantil, que podíamos passar reto por eles e deixá-los em suas lagoas.

Como acontece com quase todos os conselhos, só fui lhe dar ouvidos muito tempo depois, quando já havia beijado vários anfíbios viscosos. Quero dizer que naquela tarde eu saí daquele banheiro, esqueci a tal desconhecida e ainda desperdicei tempo e lágrimas naquele relacionamento.

Ao contrário do que aconteceu com essa história, quando o fim com Daniel chegou, o corte foi limpo. Entre outras coisas, havia passado tempo e eu já tinha entendido que aquele fora um conselho simples e valioso. Na época, eu também já tinha aprendido que a maioria dos conselhos úteis são bastante simples.

Arranquei Daniel de dentro de mim como se fosse uma farpa cravada no pé que impede de dar dois passos sem que o dedo infeccione. Com as piores farpas, é preciso agir rápido: ir mancando até uma farmácia, comprar pinças pelo preço que for, extraí-las com cuidado e continuar caminhando. No início sente-se um leve desconforto no dedo, mas assim que a farpa é retirada, a dor cessa quase imediatamente. Dessa vez eu consegui sair a tempo, e também dei tempo ao tempo. Não me restava outra escolha: tempo era o que eu tinha de sobra quando cheguei a Madri e os dias viram-se transformados em superfícies elásticas.

O relacionamento com Daniel não passou por aquele lento período de decomposição que é o desapaixonar-se, como a fruta que amadurece demais e, em sua putrefação, apetece cada vez menos. Não houve a fase em que o véu vai se levantando gradualmente e começamos a sentir que, apesar de termos desfrutado das noites com aquele homem, na verdade é desagradável dividir a cama com seus pés ossudos de dedos contraídos, que além do mais arranham e suam. A etapa de putrefação durou apenas o tempo que levou para ele ir embora de Socotra. Logo em seguida eu me desapaixonei sozinha, com um vazio dentro de mim e o silêncio ao meu redor. Seus pés de garras não me ajudaram no processo, mas quando o amor acabou, a farpa saiu sem rastro de sangue.

Já fazia um bom tempo que Bo havia deixado o compartimento do trem. Na minha frente, Terry continuava cochilando, apoiado na janela. Encontrava-se na fronteira do sono, que batia à porta de sua consciência, mas a vigília tem dificuldade de abrir essa cancela.

Estava tão tarde que já era quase outro dia. Quem sofre com pesadelos sabe que, quando o menor clarão aparece no céu, o pior já passou. Sabe que as noites sempre acabam, mesmo as passadas em um trem que nunca chega ao seu destino — mesmo essas, que parecem a invenção ou o sonho de um louco, também chegam ao fim.

Imaginei Bo aflito, decepcionado com Terry, e saí para procurá-lo. Passei pelo vagão-restaurante, que já estava fechado. Andei até o final e não o vi. No caminho de volta, fui espiando os compartimentos. Em todos eles havia viajantes cochilando, bocas abertas, pescoços que pareciam molas. Em inglês, o trem noturno é conhecido como *sleeper*, mas aqueles que dormem também são *sleepers*. Um trem dormente transportando seres adormecidos. Em um dos compartimentos, vi Bo deitado. Não havia mais ninguém com ele e os seis bancos estavam na posição horizontal. Talvez os tivesse encontrado assim, ou ele mesmo os dispusera desse jeito, criando uma cama gigante que ocupava todo o espaço. Olhou para a porta ao sentir que alguém espiava.

— Posso?

Ele sorriu e se mexeu para deixar livre meu lado da cama. Deitei na mesma direção que ele, olhando para a janela do compartimento. Lá fora, a velocidade e a luz do amanhecer.

— Quando ler *Rocco*, você vai entender — disse Bo.

— Imagino.

— Não quero falar sobre isso. Sinto muito por ter saído daquele jeito. Sempre vi Terry como uma vítima do tal repórter, Donovan Seymour, e do showbiz e da calúnia. Achava que ele tinha todo o direito de escrever seu romance. Mas, agora que nos contou a história daquilo que Hans lhe confessou aquele dia em Cambridge... Enfim, você vai entender se ler *Rocco*. E agora sabe-se lá onde está Hans. Gostaria de poder imaginá-lo deixando tudo isso para trás.

— Achei que você não queria falar sobre isso.

Bo passou a mão pelos cabelos.

— É verdade. Estou cansado de Terry e Hans e Donovan Seymour, de que tantas coisas tenham acontecido, mas nenhuma delas comigo. São todas histórias alheias, e a pior parte respinga em mim. Você tinha razão. Estou aqui como um *groupie*, por lealdade ou sei lá por que, talvez porque não tenho nada melhor para fazer.

— Não sei por que eu disse aquilo antes. Eu lá vou saber por que você está aqui? Não é fácil deixar de ser leal àqueles de quem um dia fomos próximos.

— Foi difícil para você deixar de ser leal a Daniel?

— Bom, o fato de ele ter me largado no meio do nada me ajudou a não sentir saudade dele — falei, calando quase tudo.

— Você deve ter se sentido muito estranha ao voltar para casa depois daquela aventura malfadada.

— Sim, cheguei à Espanha pouco antes de começar o isolamento, o que tornou tudo ainda mais bizarro.

— Posso imaginar... E você passou esse período sozinha?

— Sim.

— Justo quando mais precisava das pessoas...

— Pois é, mas você sabe, a vida tem das suas — disse eu, dando de ombros.

— Impossível de prever, isso é certo!

— Verdade. Por exemplo, eu jamais teria imaginado uma noite como esta. Mas o que seria das noites sem a incerteza? Talvez nem mesmo existissem.

— Sim — disse Bo, rindo. — Há noites que desabam sobre você como um balde de água fria e outras em que tudo funciona perfeitamente, mas você nunca sabe qual terá.

— Esta foi um balde de água fria, não é?

— Congelante — disse Bo.

Nós dois sorrimos com o olhar fixo na paisagem lá fora, as silhuetas das árvores feito fotogramas apressados.

O mesmo estudo que explicava os efeitos do mar no cérebro também falava de outros aspectos relacionados ao bem-estar. Pelo que li, há momentos de felicidade em que nosso cérebro nos envia um sinal para repararmos neles, criando assim uma espécie de metafelicidade. Achei atencioso de sua parte que ele se desse ao trabalho de nos avisar: ei, preste atenção no que está acontecendo com você agora; este é um instante perfeito de cumplicidade com alguém, de intimidade incipiente em que nada ainda é real, e estou te avisando para não deixar isso passar.

Imagino que cada cérebro deve avisar seu dono de um jeito diferente. É possível que alguns nem avisem, e esses donos perderão o instante de felicidade. O meu sempre me avisou engrossando a saliva mais próxima à garganta. Nesses momentos não há medo, não há terror noturno nem farpa no pé. É preciso ouvir com atenção quando o cérebro fala com a gente, pois são instantes frágeis; assim como o som, assim como a vida que, quando nos damos conta de que estão ali, é porque já estão acabando.

— O que você vai fazer quando chegarmos a Edimburgo? — perguntou Bo.

— Ir direto ao trabalho! Sempre são assim as segundas-feiras quando chego. Costumo começar a semana sonolenta e com o pescoço meio dolorido, embora eu geralmente durma mais do que esta noite, que não preguei o olho.

— É verdade. Não dormimos nada.

Como é fácil que o "eu" se transforme em "nós". Não dormimos. Pedimos carne para o jantar. Tomamos mais vinho? Não é um "nós" eterno e talvez nem dure muito tempo. Mas estamos sempre querendo falar na primeira pessoa do plural, para sair da pequena cela em que o eu se isola e porque, quando esse "nós" chega com um instante de cumplicidade, é aí que a saliva engrossa mais na garganta.

— Acho que Terry deve ter dormido. Ele estava tentando quando saí do compartimento — falei para Bo.

— Imagino. Terry, Terry... Como você pôde trair assim a confiança de Hans?

— ...

— Sim, eu sei. Não quero falar sobre isso, mas no fim acabo falando. Agora me conte, é verdade que o isolamento na Espanha e na Itália foi tão rigoroso como diziam as notícias? Nos Estados Unidos sempre pudemos sair de casa, mas vocês estavam confinados de verdade.

— Sim, confinados de verdade.

— E o que você fez durante todo aquele tempo trancada?

— Trabalhava, fazia exercícios, chorava, lia, dançava, olhava o céu... Passei muito tempo olhando as nuvens da minha pequena sacada. Quando peguei um avião para Londres e as vi de cima, foi como ver um amigo do bairro em outro país, com outra aparência, gerenciando uma empresa. Você sabe que é a mesma pessoa, mas não consegue situá-la nessa nova posição. Por que está rindo?

— Por nada. Estava imaginando uma nuvem muito séria, de terno e pasta de couro. Mas você teve dias bons, apesar de nunca ver ninguém e do término com Daniel e da situação toda?

— Sim, embora todos os dias fossem muito parecidos em sua estrutura. Li um artigo de um astronauta sobre como manter a sanidade numa situação de confinamento e isolamento. Segui seus conselhos à risca e isso me levou a ter uma rotina muito rígida. Mas, apesar de parecidos por fora, havia dias que seguiam seu curso, como rios, e outros que eram enxurradas transbordantes.

— Você se lembra do que fez na primeira noite de quarentena?

— Sim! Eu saí na varanda para aplaudir os profissionais de saúde e, quando tentei abrir a porta por fora, percebi que ela tinha ficado emperrada. Embora tivesse sentido mais medo ao me ver sozinha em Socotra, quando descobri que estava presa na varanda logo na noite em que foi decretado estado de emergência, entrei em pânico. Os bombeiros viriam me resgatar ou estariam ocupados com emergências de verdade? E se não viessem, como eu sairia dali? Meu celular estava dentro de casa. E como na rua não havia estabelecimentos de serviços essenciais, não tinha uma alma viva. Foi apenas um instante, mas senti meu corpo em alerta.

— E o que é que você fez?

— Não era uma rua muito larga. As árvores dificultaram um pouco a tarefa, mas gritei e acenei com os braços até que os vizinhos da frente me viram, pois também tinham saído para aplaudir na sacada. Eles fizeram a mesma coisa com meus vizinhos do lado, que eu não conseguia enxergar: gritaram até que alguém se deu conta. As vizinhas da direita me ajudaram a sair de todo aquele imbróglio. A mãe ajudou a filha a atravessar para minha varanda. Chegando lá, alcançou uma ferramenta para que destravássemos a porta e, juntas, eu e a filha dela conseguimos. As sacadas da frente lotaram de pessoas para assistir ao espetáculo.

Nós dois demos risada.

— E depois?

— Como era o início de tudo, ainda não estávamos tão conscientes ou obcecados, então, quando a porta se abriu de repente, eu e a filha da vizinha nos abraçamos aos risos e os vizinhos da frente bateram palmas pela segunda vez naquela noite. Apesar do isolamento que estávamos prestes a vivenciar, houve um momento de conexão com uma estranha. Eu levaria quase cinco meses para dar outro abraço novamente. Depois que entrei, colei dez *post-its* no vidro da porta: N-Ã-O-F-E-C-H-A-R! Porque, senão, imaginei que aquilo poderia acontecer comigo toda noite.

Bo caiu na gargalhada.

— Você se lembra do abraço seguinte? — perguntou. — O primeiro que você deu e que te deram depois de tudo aquilo?

— Lembro, foi com uma velha amiga que deu um jeito de pegar um avião de Barcelona para me ver. Ela sempre consegue o impossível porque é de outro planeta, uma alienígena.

— Que baita susto, ficar trancada na varanda! — disse Bo. — Mas é sempre assim, você não tem nenhum problema até ter um inevitável. Acha que vai encarar a primeira noite de uma pandemia, até ficar presa na varanda e, de repente, ter um problema mais urgente para resolver.

Pensei que ele tinha razão.

— Como tudo está esquisito hoje! E ontem as coisas aconteciam exatamente como de costume! — disse de súbito, gesticulando de um jeito teatral.

— Está citando *Alice no País das Maravilhas* porque também me chamo Alice?

— É uma feliz coincidência que você também se chame Alice.

Deitada naquele compartimento com Bo, observando o dia vencer a noite, tive a mesma sensação de quando cheguei a Barajas vindo de Socotra; em vez de espaço, sentia como se tivesse percorrido muito tempo. Tanto que, por um momento, não conseguia lembrar quando havia saído de casa.

VII

Alex Ebbert e eu tínhamos feito doutorado em literatura norte-americana havia quase quarenta anos, e ele estava há vinte morando em Princeton. Nós dois trilhamos um caminho partindo do mesmo ponto, mas a vida nos reservou trajetórias opostas. A dele incluía uma cátedra numa grande universidade, um casamento harmonioso, filhos adoráveis e uma pesquisa que ainda o fascinava.

Logo após terminar a tese, ele se casou com Tara. Ela tinha feito doutorado no Departamento de Alemão e, quando terminou, deixou passar algumas oportunidades para acompanhar Alex em seus primeiros cargos como professor visitante pelo país. Agora, Tara ganhava muito mais dinheiro do que ele; havia montado seu próprio programa de estudos universitários no exterior e sua agência era uma das principais operadoras de viagens para universidades norte-americanas.

É possível que um aspecto da vida desencadeie todos os outros. Se eu tivesse constituído um lar estável com alguém, talvez essa serenidade me levasse ao sucesso profissional. Ou não. Porém, nas últimas semanas convivendo com Rocco, eu saía para trabalhar sabendo que havia outra pessoa em casa. E como tudo era simples! Como é fácil adicionar palavras e editar textos quando sabemos que, no final do dia, vamos ver o rosto da pessoa que nos faz sorrir.

Enquanto jantávamos, Alex me contou sobre um congresso em Vancouver. Tara o havia acompanhado e, quando o simpósio terminou, fizeram uma viagem de avistamento de baleias, aproveitando que estavam na costa do Pacífico. Ele colocou os óculos para me mostrar algumas fotos no seu celular. Tara e ele sorridentes com os cabelos grudados no rosto pelo vento; baleias muito próximas do barco; Tara apontando para um cetáceo distante. Os dois se divertiram muito, contou, embora Tara tenha ficado enjoada no final da excursão e acabou vomitando.

— Alex, como é ter tido sempre a mesma testemunha na vida? Quero dizer, não importa se você está observando baleias ou treinando sua fala para um simpósio, Tara sempre está ao seu lado.

— É assim mesmo. E não se esqueça de todas as manias e banalidades compartilhadas. São mais do que as baleias. Por que pergunta?

— Por curiosidade. Como você descreveria isso?

— Hummm… Eu diria que estar com Tara é como viver seguindo a trilha de migalhas que João e Maria deixaram na floresta para não se perderem. Nossos primeiros passos, as mudanças para diferentes estados, o tempo que passamos em Munique, os anos reprodutivos, os produtivos, a perda de nossos pais, tudo aconteceu ao lado dela. E, como ela é uma constante, mesmo quando parecia que algo inesperado estava por vir, eu imediatamente via isso como mais uma migalha no caminho da floresta.

— Não imagino a vida sem a sensação de perda. Você nunca se sente sozinho?

— Às vezes, sim, como todo mundo, mas não dura muito, porque na verdade não estou.

Alex sempre foi mais pragmático do que eu.

— Você tem que vir nos visitar mais vezes! — disse efusivamente. — De qualquer forma, ter uma trilha marcada também significa que você nunca anda em direção desconhecida. Você também perde algo: não entra na floresta sozinho e desesperado, por isso nunca chega o momento em que, depois de um caminho cheio de obstáculos, se sente radiante porque encontrou uma saída que te leva a um lugar desconhecido repleto de luz. Não trocaria meu rastro de migalhas para vivenciar esse tipo de intensidade, se é que você me entende. Na maioria das vezes em que nos perdemos numa floresta, não saímos numa clareira, e sim num monte de estrume. Ha-ha-ha. Mas a troco de quê tudo isso? Maddie ligou para você?

— Não. Faz tempo que não tenho notícias dela. Imagino que tenha aberto aquele hotel em Martha's Vineyard e depois expulsado todos os clientes de casa por não estarem à altura como hóspedes.

— Maddie... — disse Ebbert com uma gargalhada. — Eu também, faz tempo que não a vejo. Me pergunto como os anos terão lhe tratado. Por que não telefona para ela um dia desses?

— Alex, acho que me apaixonei por um garoto quase vinte anos mais novo. Eu o convidei para morar na minha casa na noite em que nos conhecemos e acabo de voltar com ele de Maiorca.

Ele tinha levado a taça de vinho aos lábios pouco antes de eu começar a falar, mas não chegou a beber. Ficou segurando-a no ar e então a devolveu à mesa com violência.

— Você, sim, encontrou uma clareira na floresta! Na mais frondosa e no meio de uma tempestade!

Foram apenas vinte e quatro horas em Princeton, mas quando peguei o trem de volta para Nova York eu me sentia leve, ansioso para contar a Rocco sobre o passeio e com mais vontade ainda de vê-lo e de achar uma saída na floresta da vida ao lado dele.

Se o que aconteceu não tivesse acontecido, talvez Rocco e eu tivéssemos vivido um tortuoso vai não vai. Mas tudo já havia transcorrido, então, não havia mais espaço para aquele tempo de indecisão entre amantes que só acabaria mal para mim.

Quando cheguei em casa, eu o encontrei fora de si. Naquela nova versão, Rocco não tinha vontade nem capacidade de me agradecer por nada. Não estava em condições de analisar o que poderia acontecer entre nós; tudo nele era aceleração e angústia. Demorei para entender o que estava havendo e quando tudo aconteceu; fazia menos de vinte e quatro horas que tínhamos nos separado.

Ele falava de maneira atropelada, mas finalmente consegui que me explicasse o que ele acreditava ter visto no seu apartamento. Qual era minha opinião? Agora que sabia o que ele tinha vivenciado naquele intervalo de tempo, eu achava que Emi tinha matado Prandi diante de seus olhos sonolentos? Talvez, se ele tivesse avisado Prandi que Emi havia ameaçado matar os dois, ela também teria tido a chance de fugir. E agora? Deveria denunciar à polícia se houvesse alguma possibilidade de que aquilo que ele viu não fosse um sonho? Estaria encobrindo um crime se não o denunciasse? Naquele discurso atropelado, Rocco não sabia se buscava respostas de cunho moral ou legal. Com a cabeça enterrada entre as mãos e os olhos fora de órbita, reconheci nele o desejo fervoroso de acordar de um pesadelo.

E eu? Qual era meu papel naquilo tudo? Rocco tinha chegado em casa com aquela história maluca e o olhar perdido, e agora eu também era parte do que havia acontecido com Prandi. Teria que tomar a decisão de denunciar ou ficar em silêncio? Como é fácil envolver outras pessoas. Naquele momento, eu poderia descer até o café vinte e quatro horas e dizer ao gerente que meu colega de apartamento acreditava ter presenciado um crime que também poderia ter sido um pesadelo.

Ele estaria envolvido? O gerente poderia dizer ao cliente seguinte que o colega de apartamento de um vizinho não sabia se havia presenciado um crime ou se tivera um sonho ruim... Onde terminava a culpa? Não poderia se arrastar infinitamente, porque todos estaríamos manchados por crimes cada vez mais distantes de nossas ações. Rocco podia ter sonhado. Havia uma possibilidade de que nada do que ele pensava ter visto tivesse acontecido. Mas, enquanto ele não tivesse certeza de que Prandi estava viva, não voltaria a ser o jovem despreocupado que eu nunca soube se tinha sido. Conheci-o no dia seguinte àquelas primeiras ameaças, no Timbernotes, então, não tive contato com ele fora dos domínios de seu pesadelo.

Insisti para que ele fosse à polícia, sem sucesso, e a cada dia sua preocupação aumentava. Nunca retomamos a conversa iniciada em Maiorca, nem relembramos aquelas enseadas cristalinas. Rocco me expulsou de sua vida com a mesma determinação com que me deixou entrar nela. Odiei Emi e odiei Prandi, viva ou morta, por terem destruído sua juventude e roubado de mim a testemunha perfeita. Embora também tivessem sido suas discussões que o levaram a ir morar comigo e, quando achava que ele era suficientemente meu a ponto de não perdê-lo, os dois o arrancaram de mim de repente.

Pouco me importava se a culpa se estendia até mim ou se terminava em Rocco ou em Emi, ou se ninguém era responsável porque não aconteceu nada e foi tudo um pesadelo. O que importava era que Rocco já não existisse para mim.

Depois disso, ele não saiu de casa por três dias, exceto pela manhã em que caminhou cedinho até seu antigo apartamento. Sei disso porque o segui. Ouvi o barulho da porta quando o céu começava a mostrar sinais de luz e saí atrás dele. Mantive uma distância prudente, mas, de qualquer forma, ele caminhava distraído e não parecia que fosse me notar. Ao ver a direção que ele seguia — que seguíamos —, temi que estivesse se dirigindo a sua antiga casa. Diminuiu o ritmo ao se aproximar da entrada, mas ficou na calçada oposta e não fez menção de atravessar. Se encostou na porta de um restaurante fechado, olhando para aquela que supostamente havia sido sua janela. Permaneceu ali durante muito tempo. Paralisado, como um daqueles mímicos que só se mexem se você jogar dinheiro para eles. Rocco olhava para cima em busca de algum sinal de Prandi, embora Emi também pudesse aparecer. Enquanto isso, várias portas antes, eu continuava escondido atrás da escada de uma casa e não tirava os olhos dele. Embora ainda não soubéssemos, nenhum de nós iria conseguir o que queria.

Rocco passou aquelas noites imerso numa busca furiosa por notícias que confirmassem o pior de seus medos. Na última manhã que acordou em casa, eu o vi no sofá. Ele tinha pegado no sono sem ir para a cama, grudado no celular. Na frente dele, na mesinha da sala de estar, uma cumbuca onde nadavam cereais da noite anterior. Me aproximei para pegá-la e ele acordou ao sentir minha presença. Como costuma acontecer quando vivemos um pesadelo na vida real, o momento antes de emergir do sonho foi sua única trégua, apenas um instante. Ele abriu os olhos e reconheci o olhar azul cheio de curiosidade daquele primeiro dia no Timbernotes. Um microssegundo depois, ele pegou o telefone e nós dois vimos ao mesmo tempo o que apareceu na tela.

> Emi
> Hoje os jornais estão cheios de novidades macabras.
> Embora não seja novidade para você, que assistiu a tudo de camarote.

E foi assim, em toda a imprensa e nas redes sociais aparecia a notícia de que uma jovem atriz fora encontrada morta em seu apartamento no Lower East Side após a ingestão de uma grande quantidade de ansiolíticos. A situação estava sendo investigada. Até o momento não havia hipóteses oficiais. Estavam tentando localizar seus colegas de apartamento. Também não se descartava a hipótese de suicídio.

Implorei a Rocco para que falasse com a polícia, mas ele estava imerso em um torvelinho de imagens aterrorizantes. Prandi estava morta. Emi sabia que Rocco vira como a matara. De todos os cenários, aquele era o pior. Ele não conseguia tirar os olhos da tela; seus sentidos sufocados pelo medo. Depois de um tempo, ouvi do meu quarto a porta da rua. Saí e vi o sofá vazio. Olhei em volta. A mochila dele não estava lá. Em seu quarto havia roupa espalhada pelo chão, mas não a foto com sua mãe. E assim, como um presente que sabemos que é bom demais para ser verdade, Rocco entrou na minha vida e, como tudo o que não merecemos ou não nos pertence, foi embora para sempre.

Não fui atrás dele. Sabia que havia partido para não ser encontrado, nem por mim nem por ninguém. Eu deveria ter tentado acalmar seu medo. Tê-lo convencido de que não tinha culpa, de que poderia ir à polícia para pedir proteção. Mas àquela altura Rocco já havia saído da minha vida. Todo nosso relacionamento tinha sido fruto de sua fuga e, quando o medo o consumiu, ele fugiu de novo, dessa vez para sempre. E eu? Fui uma pedra no caminho. Não tinha por que sumir junto com ele.

Dias depois, li que os dois colegas de apartamento de Cecilia Prandi estavam desaparecidos. Outros colegas de elenco haviam contado sobre a conturbada relação que ela tinha com Emi. Ele era o principal suspeito. Ainda assim, havia teorias de grupos homofóbicos que defendiam que Emi e Rocco queriam se livrar de uma pobre mulher para fugir juntos; teorias que alegavam que ambos pertenciam a uma seita e haviam cometido suicídio depois de matá-la; teorias infinitas e delirantes, quase sempre anônimas. De qualquer forma, havia muitas pontas soltas. Não havia pistas de que a garota não tivesse tomado aqueles comprimidos por vontade própria. Também havia muitos outros casos a serem resolvidos em Nova York. Todo dia uma mulher se tornava vítima de seu companheiro ou ex-companheiro. Por outro lado, havia teorias baseadas em estatísticas assustadoras que argumentava que, se Emi era seu companheiro e seu ciúme já era conhecido, não restava a menor dúvida de que ele estaria por trás da morte de Prandi. E o outro colega de casa?, alguns perguntavam. Vá saber. Talvez tenha fugido antes, talvez tenha ajudado Emi e depois se mandado com ele. Talvez Emi o matara fora do apartamento por tê-lo confrontado depois de saber o que ele fez. E assim a roda seguia girando na era da informação. Alguém investigaria o caso e coletaria dados relevantes. Mas eu nunca li nada sobre sua elucidação.

Nos dias seguintes ao sumiço de Rocco, Nova York deixou de ser um cenário de ficção. Ainda havia seus parques onde logo começariam a cair folhas douradas, suas largas avenidas onde a vida nunca para para ninguém, o edifício Chrysler com seu brilho crepuscular. Mas eu já não sabia quem seriam os protagonistas daquela laranja espremida. Não era eu, nem Rocco, nem a nossa história. Outros chegariam para nos substituir.

Não demorou muito para que eu decidisse deixar Nova York. Minha passagem pela cidade sempre foi temporária, um parêntese. E o parêntese se fechou com a fuga de Rocco, com seu desaparecimento, que talvez tenha sido seu suicídio ou apenas um novo começo. Dentro de alguns meses, quando meu contrato com a universidade terminasse, eu também iria embora. No dia em que tomei essa decisão, saí para caminhar perto do cais e imediatamente me vi entrando no Jane Hotel. Subi até o pequeno terraço da cobertura. Como era cedo, não havia muita gente. O Hudson se estendia na minha frente, dividindo a costa de Nova York da de

Nova Jersey. Talvez Rocco estivesse nas fronteiras de um estado ou de outro, ou quem sabe já bem longe dali, carregando nas costas uma culpa que não era sua. Rocco poderia estar perto ou longe, vivo ou morto, e eu nunca saberia.

Pensei em Robert Graves, em sua despedida do mundo industrializado britânico, em sua decisão de fugir para as montanhas ocres da Serra de Tramuntana e no início da sua autobiografia, *Goodbye to All That*, em que o poeta dizia que aproveitava a oportunidade para se despedir de você, de você e também de você. Uma despedida, um adeus a todas as coisas, dizia Graves, porque quando tudo isso estiver assentado na minha mente e eu tiver escrito e depois publicado, não haverá motivo para pensar nisso nunca mais.

FIM

Quando Bo e eu voltamos ao compartimento, encontramos Terry trabalhando no computador.

— Queria incluir umas ideias para terminar a apresentação. Parece que em meia hora chegaremos a Edimburgo — disse, fechando o laptop ao nos ver entrar.

Lá fora já era dia e as gotas d'água escorrendo no vidro davam à realidade um novo ar oculto.

— Espero que nas perguntas do público não surja o tema de *Rocco.*

— Não dá para contar com isso — disse Bo. — Pelo tema de sua palestra, pode ser que alguém comente. É melhor estar preparado.

— É, acho que você tem razão. É uma história sem fim. *Rocco* não para de me perseguir.

— Porque quem te persegue é Hans.

Terry olhou para baixo.

— Sinto muito por ter te decepcionado, Bo. Mas isso é mais difícil para mim do que para você.

— Sim, posso imaginar. E acho que para Hans deve ter sido mais difícil ainda.

O professor fechou os olhos e balançou a cabeça.

— Imagino que sim, que para ele foi pior. Da última vez que nos vimos, ele deixou isso claro para mim, posso te garantir.

Bo olhou pela janela, fingindo tocar as gotas d'água que estavam do lado de fora.

— Quando foi a última vez que vocês se viram? — perguntei.

— Dias depois da publicação do romance. Eu tinha feito uma dedicatória a ele e o convidei à minha casa para lhe entregar o exemplar. Sabia que ele poderia se sentir incomodado com a natureza sexual da relação entre Rocco e o professor, mas não imaginei que sua reação seria tão exagerada.

— O que foi que ele disse? — perguntei, incentivando-o a continuar contando. O trem logo estaria na estação, pondo um fim àquela noite, e nunca mais haveria motivo para falar sobre isso.

— Ele chegou em casa com um exemplar e imediatamente ficou óbvio que já havia lido. Entrou pela porta feito uma bala de canhão. Me viu com o romance, pronto para entregá-lo a ele, e arrancou-o da minha mão com um tapa, derrubando no chão também seu exemplar, do qual caíram papéis junto com os dois livros. "Como você pôde? A fotografia com minha mãe, meu lago, até minha tatuagem, para não deixar dúvidas de que era eu! Como pôde usar minha vida e depois distorcê-la desse jeito?! E me fazendo acreditar que estava escrevendo uma história inocente!" Hans gritava enquanto andava pelo apartamento e, furioso, ia soltando diferentes trechos do romance, usando a primeira pessoa ao se referir a Rocco: "Dizer que eu dormi contigo... Você é doente!" "Que viajei com você para Maiorca! Está maluco? Jamais teria ido com você pra lugar nenhum!" Ele exalava raiva. Pedi desculpas a ele várias vezes. Falei que nada do que acontecia no romance era sobre *ele*, que ele sabia melhor do que ninguém que *Rocco* era uma invenção. Lembro dele fechando os olhos para respirar, tentando se acalmar.

Terry fez uma pausa. Talvez ele também precisasse se acalmar ao relembrar aquilo.

— Lágrimas e palavras brotavam dele como uma torrente. "Você não consegue perceber o que fez, não é?" Falava comigo chegando bem perto, como se as respostas estivessem escritas na minha cara. "Em Cambridge eu te contei sobre aquelas noites da minha infância, sobre as alucinações hipnagógicas. Te falei daquela gentinha com quem eu morava aqui em Nova York. Com quem ainda moro! Não percebe? Eu te confessei meus piores medos e você os transformou numa história e a publicou sem me dizer nada, como um desgraçado." Lembrei a ele que não era a mesma história, que o que eu tinha publicado não era o que ele me contou. Quando eu disse isso, ele berrou numa voz cheia de fúria: "Não! É muito pior! Mas é uma história parecida o suficiente para saberem que sou eu... para que eles saibam..." E ali, desabou. Apoiado na parede, escondeu a cabeça entre as mãos e se deixou cair, escorregando. Sentei com ele no chão e disse o que eu ainda achava que era verdade: "Hans, você nunca me contou que tivesse visto uma cena como a que Rocco viu no romance, certo? O que Emi fez com Prandi não aconteceu na sua casa. Você não me contou isso. Disse que eles discutiam, que você não sabia o que era real e o que eram aquelas visões noturnas. E o livro nem cita as alucinações hipnagógicas." Ainda posso vê-lo com as costas grudadas na parede, sem se levantar do chão, balançando a cabeça. Levantou a vista para olhar para mim e dizer, num tom incrédulo: "Não posso acreditar que não percebe o que fez. Está me dizendo que não sabia o que isso poderia causar? Por que nunca me mostrou os capítulos em que Emi e Prandi aparecem? Não passou pela sua cabeça se perguntar o que estava acontecendo entre meus dois colegas de casa? Os da vida real? O que poderia acontecer comigo se você publicasse isso?" Seus olhos estavam vermelhos, quase fora de órbita, e ele me fez a pergunta que desde então me persegue: "Você está louco de verdade ou é um filho da puta?!"

"Nunca vou me esquecer da expressão de Hans — continuou relembrando Terry. — Reconheci o medo que já tinha visto às margens do rio Charles quando ele me contou das alucinações. Ali eu pude fechar os olhos, mas agora o medo havia se multiplicado e era impossível de ignorar."

Hans deve ter chegado à casa de Terry furioso, pensei, enquanto o ouvia. Deve ter chegado em busca de explicações e se deparou com a pior coisa que alguém pode encontrar em um momento assim: com uma pessoa sem consciência do que fez, um louco que agiu sem saber o dano que poderia causar porque é incapaz de mensurar esse dano. Imaginei como Hans deve ter se sentido sozinho diante de alguém que não conseguia ver o pânico que o assolava. Pensei na solidão que se abre diante daqueles cujo medo é incompreensível para a maioria, no exílio sentenciado pela loucura de saber-se irremediavelmente isolado. Será que Hans sentia que a realidade estava desmoronando? Será que ele se perguntava se a pessoa que tinha a adaga era consciente do que estava fazendo?

— Essa foi a última vez que vi Hans — disse Terry. — Nunca havia sentido tanto ódio por mim como quando ele entrou pela porta. Mas foi ainda pior quando o vi abatido. A incredulidade do que estava acontecendo, somada ao medo, o deixaram sem fôlego nem vontade de brigar. E foi pior vê-lo daquele jeito. Muito embora eu sempre tenha achado que ele exagerava ao dizer que eu tinha arruinado sua vida. A vida não é arruinada porque alguém escreve uma história e inclui nela um personagem parecido com você. A vida é arruinada por coisas de verdade. Mas nunca descobri o que estava por trás de seu desassossego. Hans foi embora e seu desaparecimento foi declarado oficialmente no dia seguinte. Presumi que por uma denúncia de Mina. Ela já estava em alerta. Começaram os interrogatórios para entender o que estava por trás de sua fuga, dedos apontando culpados, alvoroço nas redes. Fui interrogado, e soube depois que Mina também. Li que seus colegas de casa estavam desaparecidos, que foram procurados para o interrogatório, mas ninguém sabia do paradeiro deles. Nunca soube se algum daqueles garotos era perigoso, se um quis matar o outro, se alguém conseguiu, como Emi matou Prandi, se depois disso havia desaparecido em busca de Hans para acabar com ele. Enfim, nunca soube o que havia acontecido de verdade naquele apartamento para que Hans sentisse esse medo. Mas também não cheguei a acreditar que pudesse ter acontecido o que ocorreu em *Rocco*.

Claro que você não acreditaria, pensei com meus botões. Como seu cérebro iria plantar essa ideia ali dentro? Como não faria o possível para espantá-la, se uma noite de insônia se aproximava, à sua espreita.

Terry continuou:

— Apesar de nunca saber quanto *Rocco* se aproximou da realidade, sei que no desespero e no terror de Hans reconheci o desespero e o terror que eu havia inventado para a cena anterior à fuga de Rocco. Não fosse pela infelicidade da situação toda, a simetria teria sido engraçada. Enfim, depois veio o artigo de Donovan Seymour me responsabilizando pelo seu desaparecimento, arriscando hipóteses sobre seu suicídio ou sua morte pelas mãos daqueles com quem ele morava. Mesmo que Hans estivesse vivo, disse Seymour, eu e meu ego éramos responsáveis por destruir a vida de um jovem que agora teria que viver aterrorizado. Em algum ponto do artigo ele afirmava que, mesmo que demorasse, eu acabaria pagando por tudo aquilo. Não me lembro exatamente de suas palavras, você pode lê-las no texto, mas diziam algo como: "Felizmente, os homens com poder já não têm imunidade absoluta. Já não podem fechar os olhos e ignorar as consequências do seu rastro de destruição. Agora, eles também têm que se responsabilizar pelos seus atos." O homem com poder era eu, mas que poder eu tinha?, pensei ao ler aquilo. Qual havia sido meu poder?

Terry respirou fundo.

— Poderia ter procurado por ele, mas o que eu ia fazer, contratar um detetive? Pensei que já tinha feito o suficiente. Assim como o professor entendeu que não teria mais notícias de Rocco quando ele foi embora, me resignei a nunca mais ver Hans.

De repente, se levantou decidido:

— Vou ao banheiro. Estamos quase chegando — disse, saindo do compartimento.

— Coitado do Hans... — Bo voltou a dizer. — Por acaso — falou, fazendo aspas com os dedos —, Terry se esqueceu de contar que, no artigo, Seymour alegava que um dos colegas de Hans tinha antecedentes criminais, um garoto com histórico de violência que havia sido denunciado pela ex-namorada no estado de Nova Jersey. Como eu não sabia nada sobre o que Hans tinha dito a Terry, não achei que fosse algo relevante... Ou talvez eu não tenha visto o que não queria ver. Enfim.

Bo suspirou ao mesmo tempo que anunciaram a chegada à estação de Waverley e, naquele momento, Terry retornou ao compartimento.

— Aqui estamos — disse ele.

Sim, lá estávamos. A viagem que parecia que ia durar para sempre havia terminado. O trem ficou para trás com seu vagão-restaurante e sua iluminação tênue, com as histórias ouvidas e os contos noturnos que nele se liam. Tudo ficou nos trilhos enquanto Terry, Bo e eu caminhávamos em direção à entrada principal como viajantes que chegam juntos. E éramos, embora até algumas horas atrás nunca tivéssemos nos visto.

A estação era puro movimento, assim como Atocha naquela manhã distante. Só que nesta não havia tartarugas nem tantos turistas como em Madri, mas sim viajantes a caminho do trabalho, aqueles que se movem com maior lentidão. À nossa volta, sanduíches da Pret a Manger, a farmácia Boots e a banca de jornais da WH Smith. Há alguns anos, as estações de trem e as ruas principais do Reino Unido se tornaram tão previsíveis como os ponteiros de um relógio.

Chegara a hora de dizer adeus. Estávamos sob a cúpula do saguão, e foi Terry quem deu o primeiro passo.

— Alice, querida — disse, aproximando-se da minha bochecha direita —, sinto muito pelo aborrecimento que as revelações desta noite possam ter te causado. Foi um prazer inesperado compartilhar contigo a viagem, que foi um pedaço de vida — disse. Como se a vida fosse uma pizza. Quantas fatias restariam? Para mim, para Bo e para Terry... Compartilharíamos alguma novamente?

Quando Terry se aproximava da minha bochecha esquerda para depositar um segundo beijo, larguei a mala no chão e lhe dei um abraço. Foi um ato inesperado para os dois; por um instante, ele ficou paralisado antes de retribuir meu gesto. Eu também fiquei surpresa com meu próprio impulso. Achei que sentia uma antipatia quase palpável por ele, mas no instante da despedida não entendi quem decidia o que cada um merecia. Imaginei a cúpula da estação vista de cima, a ilha britânica coberta de nuvens, a Terra suspensa na escuridão. Sem refletir o que significam as palavras e o perdão, abracei também Daniel e, com ele, o fim daquilo que não chegou a ser, e imaginei que Terry estivesse abraçando Hans. Éramos apenas histórias, fatias de vida que haviam se cruzado temporariamente, como todos nós coincidimos, numa viagem que nunca sabemos quanto tempo irá durar.

Lembrei o que a escritora Rosa Montero havia falado sobre a continuidade na mente humana, sobre como existia uma espécie de inconsciente coletivo semelhante a cardumes de peixes dançando em uníssono. Eu sempre havia imaginado esses peixes juntinhos e espremidos, levados pela correnteza que os arrastava como num tobogã aquático, mas agora entendia que muitas vezes eles iam na contracorrente. Teimosas, as mentes humanas como bandos de peixes nadando contra tudo que se interpunha no caminho, tudo que nos empurrava para a dispersão ou para o confinamento dentro de nós mesmos. Lutávamos dando os mesmos tropeços, mas sempre buscando ser uma primeira pessoa do plural com os outros peixes, ansiando por compartilhar com eles a escuridão em que nos movemos.

Bo se aproximou de mim de braços abertos.

— Alice — disse ele, os olhos iluminados pela luz da manhã.

— Foi um enorme prazer — falei ao nos abraçarmos.

O prazer tinha sido todo dele, falou, segurando minha mão antes de cada um seguir para o seu destino. Ele ao encontro de Terry e eu para o escritório da WorldTrans.

— Alice — repetiu quando cada um já havia começado seu caminho. Virei para trás. — Fechou ela de novo alguma vez? A porta da varanda! Voltou a fechá-la por fora?

Soltei uma gargalhada.

— Não, nunca mais.

Então ele se virou com um sorriso em direção à saída.

Aquela foi uma segunda-feira de várias reuniões e muito trabalho. Estar ocupada era o melhor cenário possível. Ao menor sinal de cansaço ou saudade de casa, poderia dar o dia por encerrado.

Quando cheguei ao hotel à noite, tive a sensação da passagem do tempo, de que haviam-se passado anos em um intervalo muito curto. De não ter percorrido quilômetros, mas muitos dias com todas as suas noites. Talvez o corpo perceba as ações de percorrer tempo e espaço de modo parecido, por isso eu continuava tendo aquela sensação.

Caía uma chuva escocesa, com gotas tímidas e lentas. Felizmente, o hotel não era um edifício moderno com janelas inteligentes que não abrem, mas um prédio antigo que permitia que você as abrisse para fazer o que quisesse. A umidade suspensa na atmosfera entrava pelo enorme janelão, e o frio da noite imediatamente preencheu o quarto. Ao longe, ouvia-se a versão de "That's Life", de James Brown.

Depois do banho, pensei, compraria pela internet um exemplar de *Rocco*, para que estivesse me esperando em casa quando eu chegasse em Londres no final da semana. Tirei o computador da mala e, com ele, saiu a revista que eu fingira ler antes de Terry se apresentar. Não me lembrava de tê-la guardado junto com as minhas coisas, mas aquela havia sido uma noite longa.

Quando fui pegá-la, vi que na capa havia um *post-it* amarelo com um C maiúsculo. Abri-a e, na segunda página, vi outro, com um A. Sorri com a saliva um pouco mais espessa na entrada da garganta: oito *post--its* nas primeiras oito páginas da revista, que, juntos, diziam: *"CALL ME!"* Me ligue. No oitavo, um número de telefone americano. Sorri ao me lembrar daqueles olhos cor de mel sob a cúpula da estação de Waverley.

No meu quarto entravam a noite, o frio úmido e os acordes de James Brown cantando aquilo que estávamos acostumados a ouvir na voz de Frank Sinatra... *I've been up and down and over and out, and I know one thing. Each time I find myself, flat on my face. I just pick myself up and get right back in the race...*

Guardei os oito *post-its*, tomei uma chuveirada e dormi um sono profundo.

A semana em Edimburgo passou rápido e na sexta-feira peguei o trem de volta. No caminho para Londres, cruzando a ilha rumo ao sul, foi inevitável não pensar em Terry, em Bo, nas palavras que preencheram o compartimento. Quanto falei sobre mim? Eu tinha apenas ouvido o relato de Terry ou havíamos compartilhado histórias, assim como as amebas fazem sexo? Me lembrei de um ensaio de Ursula K. Le Guin em que a autora explica que a reprodução das amebas se parece com a melhor versão da comunicação entre seres humanos. Os microrganismos se reproduzem por fusão; um tipo de sexo nada monológico, prazeroso e além disso transformador, porque elas deixam parte do seu material genético uma dentro da outra: um intercâmbio perfeito de histórias. Para que a noite de domingo fosse considerada sexo amébico, eu deveria ter contado mais coisas, mas uma história nunca está completa; faltavam as versões de todos os que participaram dela: a versão de Daniel, a opinião de Arturo Belando, o que Saleh e Jananiah vivenciaram. Também não tinha ouvido Hans nem Mina, nem Donovan Seymour, cujo artigo eu ainda não havia lido e só o faria depois de ler *Rocco*.

Uma semana após chegar a Londres, caminhando pelo centro, notei um edifício atrás da Euston Road que eu nunca tinha visto antes. Chamou minha atenção pelos dizeres em latim na entrada, INDOCILIS PRIVATA LOQUI. Isto é, não apto a revelar segredos. Olhei para a porta e vi uma lista de espetáculos de magia; THE MAGIC CIRCLE, dizia acima.

Eu já tinha ouvido falar naquele lugar. Um clube de mágicos que existia desde o início do século passado. Entrei para dar uma olhada e descobri várias áreas exclusivas para sócios, bibliotecas, arquivos e passagens cuja entrada era proibida. A exclusividade não parecia ser apenas uma questão de proteger os segredos dos mágicos; pelo que li na história do local, a instituição havia tentado deixar de fora as mágicas mulheres que, até os anos oitenta, se passavam por homens para poder se apresentar na prestigiosa instituição. As histórias sobre a exclusividade de qualquer lugar sempre foram muito parecidas. Finalmente, em 1991 as mágicas venceram a batalha e agora a vice-presidenta era uma mulher — uma mágica responsável, entre outras coisas, por descreditar e expulsar qualquer membro que revelasse algum segredo sobre como os truques eram executados. Eu a imaginei uma mulher poderosa, com a capacidade de fazer traidores e indesejáveis desaparecerem. Na minha cabeça ela era loira, de cabelo curto, como a mulher da sorveteria, mas com uma enorme cartola.

Na lista de eventos deles, vi que havia um espetáculo recorrente de mágica chamado *Mágica para todos que um dia quiseram ser mágicos*. Apesar da mensagem nos *post-its*, eu não tinha telefonado para Bo desde que nos separamos em Edimburgo. Fiquei com medo de não ter nada para dizer a ele e não sabia se queria continuar falando sobre Terry e Hans. Porém, ao saber desse espetáculo, comprei dois ingressos e os enviei para o endereço de e-mail da universidade. Por sorte, ainda lembrava que seu nome completo era Mick Boulder.

Na manhã de sábado, acordei na estação Kings Cross após a viagem de volta a Londres. Quando cheguei em casa, encontrei o exemplar de *Rocco* me esperando no capacho. Porém, como em outras vezes, a rotina tomou conta e não comecei a leitura imediatamente. Deixei-o na mesinha de cabeceira até que, ao voltar aquela noite da minha incursão pelo teatro do Círculo da Mágica, li numa tacada só.

Como somos incapazes de ler uma história sem deixar de lado aquilo que somos, quando terminei *Rocco*, meus ouvidos retumbavam com as acusações de Bo a Terry, com a expressão de Terry tentando se explicar. Li a história sem tirar da cabeça o compartimento do trem, sem deixar de ver o rio Charles quando deveria ver Maiorca, pensando na responsabilidade de Terry por Hans, de Daniel por mim.

Após a leitura de *Rocco*, encontrei também o artigo de Seymour e abri as comportas para a obsessão que o excesso de informação na internet pode causar. Basta começar a digitar "Terence Milton" para aparecerem as palavras "assassino", "depravado" e uma infinidade de teorias sobre o paradeiro de Hans, que, na opinião de muitos leitores, não existia mais, porque Hans, alegavam muitos, havia cometido suicídio após a publicação do livro. Outras teorias garantiam que Hans nunca existiu, que Donovan Seymour estava mancomunado com Terence Milton e inventaram juntos Hans Haig para vender mais livros. Também houve quem culpasse Seymour por tudo, já que ele havia contribuído para a ruína de Hans ao revelar os segredos de *Rocco*.

Será que Terry era capaz de entender o que havia causado? Quando se trata de responsabilidade, tudo é uma questão de nuances; na escala de cinza, onde se encontraria sua consciência? Ele deve ter imaginado que sua história afetaria Hans, que ali estava o risco. Mas quem não gosta de brincar com fogo? E se outras pessoas acabarem se queimando? Terei me queimado enquanto brincava com Daniel?

A enxurrada de teorias que podiam ser lidas online não era muito diferente da torrente de perguntas que podiam continuar me atormentando. Pensei no abraço de Terry na entrada da estação. Como não tinha outra certeza, fiquei feliz de ter essa, uma fatia de vida, um instante de nossas histórias que o trem noturno pôs na mesma direção. Porque, durante aquela noite, longa e incerta, nós três nadamos na contracorrente, juntinhos e espremidos, na primeira pessoa do plural.

Atrás da Tower Bridge, na margem norte do Tâmisa, é preciso andar bem pouco para topar com o St. Katharine Docks. Nesse setor exclusivo, que recria a atmosfera de uma marina mediterrânea, o transeunte caminha entre edifícios recém-construídos, iates e nós de marinheiro que o afastam momentaneamente da realidade londrina.

Eu morava em Wapping, uma das regiões mais lúgubres e centrais da cidade, que, embora surpreendentemente próxima a essa marina, pertence a outro mundo. Sabemos que entramos em Wapping quando, à nossa volta, só vemos chão de paralelepípedos e os armazéns da margem norte absorvem a pouca luz que o céu irradia. Nos depósitos fluviais de suas ruas, costuma-se ler pintada na vertical a palavra *wharf*, um termo do inglês antigo que significa cais ou atracadouro. Hoje, quase todos foram transformados em apartamentos grandes e arejados, embora, em muitos casos, extremamente escuros devido à largura estreita das ruas. Apenas uns poucos privilegiados têm vista para o rio, e esses não compartilham a luz com ninguém.

Wapping não é uma ilha. Mas é uma área que foi concebida em torno da água, e que existe pela proximidade do rio. As primeiras referências a este bairro londrino datam do século XIII e, desde então, foi cenário de crimes, da sordidez muitas vezes associada às zonas portuárias: piratas e meliantes que desembarcavam dos navios, gatunos que chegavam por terra em busca de saques a bordo dos navios. A área ficou praticamente destruída pelos bombardeios alemães da Segunda Guerra Mundial e, durante as décadas de cinquenta, sessenta e setenta, tornou-se os confins de Londres, um bairro ermo de ruas abandonadas, armazéns em ruínas e portas corroídas pela umidade do rio.

Agora, como tantos lugares da capital britânica, sua história sombria o transformou em atração turística. Grupos de curiosos e seus guias se deleitam com lendas sobre execuções e fantasmas que povoaram as noites de neblina às margens do Tâmisa. Eu tinha encontrado ali um estúdio com um aluguel razoável e gostava de morar num lugar onde a proximidade da água tornava a atmosfera um tanto porosa. Do rio, emana não apenas a umidade, mas também a bruma que encobre a realidade ao amanhecer, transformando todas as ruas em um cenário de ficção detetivesca.

O silêncio que mais se faz sentir é aquele que nos cerca na cidade. Em Socotra, o silêncio é parte do ar; as praias infinitas e as dunas estão feitas de quietude. Na cidade, por outro lado, é estranho quando o mundo soa como se tivesse sido posto em surdina, e é isso que acontece nas ruas quase sem lojas nem trânsito de Wapping.

Três semanas tinham se passado desde a noite do trem: uma em Edimburgo e duas em Londres. Depois da primeira semana em Londres, descobri o Círculo da Mágica e aquilo abriu novamente as comportas para Bo, Terry e Hans, e finalmente, naquela noite, li *Rocco*.

Uma semana depois, saí de casa com a intenção de caminhar até o Old Vic, o teatro que fica atrás da estação de Waterloo. Eu tinha comprado ingresso para *Private Lives*. *Rocco* continuava batendo à minha porta e era mais fácil atravessar a cidade do que ir até Maiorca ou até o Jane Hotel, às margens do rio Hudson.

Fiquei pensando em todos os lugares que, apesar de se encontrarem em terra firme, existem por causa do meio aquático. Pensei no *Gulf Dove*, o petroleiro encalhado nas dunas de Socotra, talvez para sempre; na vida da água que morre quando chega à costa. O *Gulf Dove* também foi atacado por piratas como os que teriam aterrorizado os vizinhos de Wapping durante séculos. Lembrei do silêncio da colossal embarcação imóvel, abandonada nas dunas após a fuga de marinheiros irmanados pelas ondas com aqueles que atracam seus barcos no Tâmisa. Dali, zarpariam para atravessar o oceano Atlântico e chegar até o rio Hudson, para pagar vinte e cinco centavos de dólar para dormir no Jane Hotel. A água como modo de vida e subsistência para aqueles que deviam sofrer de mal do mar, quando seu cérebro se recusasse a aceitar a estabilidade do solo firme.

Ao sair de casa, cruzei a Bascule Bridge, inconfundível com seu ferro forjado em vermelho-Chanel. Era um dia inesperadamente ensolarado, sobretudo por ser outubro, um mês em que a chegada do outono e da escuridão que o acompanha geralmente se aceleram. Percorri boa parte de Wapping, cheguei ao rio e atravessei a Tower Bridge até a margem sul que, nesse ponto da cidade, pertence a outro mundo. Um mundo sem neblina, sem meliantes nem silêncio, lotado de turistas, de cafés com enormes *madeleines*, de pubs repletos de flores nas varandas, de músicos e artistas; a margem mais luminosa. Deixei para trás o navio *HMS Belfast*, que não está encalhado como o *Gulf Dove*, mas também permanece impávido na costa fluvial. Na altura da London Bridge, perdi o rio de vista por alguns minutos e, pouco depois, topei com as hordas de turistas atraídos pelo The Globe, pelo Borough Market e pela Tate Modern. O trecho com maior concentração de gente é curto; logo surgem as lâmpadas azuis nas árvores perto do Gabriel's Wharf e, em seguida, as barraquinhas de rua vendendo livros usados que se estendem em frente ao British Film Institute.

Como as *flâneuses* bem sabem, os passos com que avançamos na cidade nos convidam a retroceder na lembrança. Nessa lembrança estava Socotra e a quietude dos meses em Madri, mais presentes ultimamente, desde que foram evocados pela noite no trem. Também desde aquela viagem, as imagens de Terry e Bo, misturadas às de Rocco e do professor, pareciam ter se instalado em casa junto comigo.

Quando cheguei às imediações do Old Vic ainda era cedo, então, caminhei por um calçadão perto do teatro onde cada comércio parecia um ponto de encontro. Entrei em um bar que tinha uma lambreta antiga exposta na janela e de onde saiu um gato branco e cinza. Era um lugar deliberadamente esculhambado, daqueles que enaltecem os cacarecos, os eletrodomésticos quebrados e os objetos inúteis. Garrafas transformadas em castiçais com velas derretidas decoravam mesas que podiam ter sido carteiras de uma escola fechada durante a guerra. Radinhos de pilha dos anos setenta, varais de lâmpadas de quermesse, relíquias do sul da Itália, letreiros enferrujados da Coca-Cola... Tudo era um tributo à nostalgia e a um mundo analógico que não existia mais; uma ilusão que ia desaparecendo com os MacBooks de última geração usados pela clientela.

Me sentei numa mesa perto da porta; na parede oposta, em letras grandes de madeira, lia-se a palavra SPANISH. Embaixo dela, uma garota digitava concentrada no computador. A jovem, pensei, poderia ser espanhola como eu. Mas também poderia ser que vê-la sob as letras tenha me levado a essa conclusão.

A garota que talvez fosse espanhola guardou seu laptop e pegou umas folhas com texto impresso nas quais fazia anotações a lápis, tornando-a o ser vivo mais analógico daquele lugar, agora que o gato havia saído. A porta se abriu e entrou um rapaz que sorriu ao ver a suposta espanhola, que ele reconheceu de costas. Ficou na frente dela, com os óculos embaçados enquanto desenrolava o cachecol. Ela se levantou para abraçá-lo e confirmei que ambos eram, de fato, espanhóis. A maneira como se cumprimentavam indicava que não se viam há muito tempo. Ela puxou a cadeira livre para que ele se sentasse mais perto. Guardou as folhas e, com sua linguagem corporal, indicou que dali em diante lhe daria toda a atenção.

Embora no compartimento do trem eu tivesse adivinhado corretamente o que Terry e Bo eram, nem sempre é óbvia a relação entre duas pessoas com quem cruzamos. Cumprimentaram-se como velhos amigos. "Amigos" era provavelmente o título que davam entre si a desconhecida espanhola — vamos chamá-la de Andrea — e seu amigo — sem nome por enquanto. Uma amizade que já durava muito tempo, mas presumi, ao vê-los rirem juntos, que talvez não fosse assim para sempre. Quem sabe um dia, que ainda levaria muitos anos, deixariam de ser apenas amigos para se tornarem testemunhas um do outro. Ou talvez não, talvez perdessem o contato meses depois daquele encontro e seriam apenas uma lembrança. Naquele momento, em algum lugar mais quente que Londres, uma borboleta batia as asas para desencadear uma versão da realidade ou outra, mas eu nunca saberia qual, porque já ia começar *Private Lives* e me levantei para ir ao teatro.

A caminho da porta, deixei cair uma luva sem perceber.

"*Perdona*", ouvi na nossa língua. A garota me deu a luva e também um sorriso: "Você deixou cair isso", disse novamente em espanhol. Sorri para ela com a sensação que muitas vezes nos invade quando encontramos nossos conterrâneos no exterior: a impressão de familiaridade, mesmo que tenhamos nos cruzado apenas por um instante. Agradeci e nossos dedos se tocaram brevemente quando ela me devolveu a luva. No balcão, a garçonete colocou um café e gritou com sotaque britânico: "Marta!" A falsa Andrea se virou e eu saí dali rumo ao teatro.

Private Lives acabou se revelando uma divertida comédia de costumes e, acima de tudo, de intrigas. Voltando para casa, pensei na versão de Richard Burton e Elizabeth Taylor, no peso que aqueles diálogos leves entre Elyot e Amanda teriam adquirido na boca dos dois. Pensei em Prandi, que nunca mais poderia interpretar o papel de Amanda, apesar de tê-lo conseguido naquele teste em Nova York. Evidentemente, o principal motivo pelo qual Prandi não fez Amanda não era porque estava morta, mas porque ela sempre foi um personagem de ficção. E essa ideia me encheu de estranheza.

Eu estava na altura do lendário pub The Prospect of Whitby, inaugurado no século XVI. Um estabelecimento conhecido por ter abrigado piratas e assassinos de aluguel, por estar de braços abertos para o Tâmisa e por ter recebido, atraídos pelo aspecto lúmpen do local, clientes como Richard Burton, Frank Sinatra e Kirk Douglas. À esquerda estão as Pelican Stairs. O pub costumava se chamar The Pelican e as escadas contíguas ainda são conhecidas assim. Elas dão acesso não apenas ao rio, mas também ao cais de execução, onde muitos prisioneiros, criminosos e pessoas inocentes perderam a vida. O ar macabro do lugar é acentuado pela forca que relembra aqueles dias sombrios.

Sempre que voltava para casa à noite, eu tinha mais consciência da história daquela região. Caminhava aguçando os ouvidos para me antecipar a quem pudesse tentar permanecer oculto. Prestava especial atenção ao que acontecia atrás de mim, como fazem tantas mulheres ao voltarem para casa, abrindo portões, entrando em elevadores, sempre viradas para trás, com os cinco sentidos ativados. Aquela noite, porém, na altura do pub, logo percebi que não tinha alguém à espreita atrás de mim, mas sim à minha frente. No pouco que pude ver das Pelican Stairs, notei um corpo debruçado tentando ampliar seu campo de visão sobre o Tâmisa.

Hesitei entre seguir em frente ou dar a volta e, enquanto titubeava, a pessoa semioculta ficou visível sob a luz tênue de um poste de luz e eu soube, antes de vê-la por inteiro, que era Bo. Ele ainda não tinha me visto. Sorri por dentro e por fora sem nenhuma testemunha do meu sorriso e me aproximei dele.

— Boa noite, senhor Boulder — disse, fingindo naturalidade diante do fato de ele estar a poucos metros da minha casa.

— Alice! — gritou, num sobressalto. — Você quase me mata de susto! Que lugar mais sombrio! De onde você saiu?

— De onde saiu você? Eu moro aqui ao lado.

Bo levou as mãos à cabeça e respirou fundo, olhando para o céu como se estivesse se recuperando do susto e me fazendo rir com sua interpretação exagerada.

— Eu sei! — disse às gargalhadas, apontando na direção da Bascule Bridge. — Estava te esperando na porta da sua casa, mas como você não chegava, vim a esse pub que vi aberto. Deixei minha mala e uma caneca de cerveja lá dentro, mas o garçom disse que eu precisava sair para ver essas escadas, que são famosas por umas execuções e tal. Me debrucei e vi uma forca. Que horror de lugar! E você me surge do nada feito um fantasma!

Eu estava prestes a lhe contar a história sinistra de Wapping, antes de saber o que ele fazia a cinquenta metros da minha casa.

— Mas você já não tinha voltado para Nova York com Terry?

— Essa era minha intenção, mas ainda estávamos na Escócia quando recebi um par de ingressos para um espetáculo de mágica em Londres. Então, peguei um trem até aqui. Sabia que existem trens que atravessam a ilha inteira?

— Não me diga!

Nós dois demos risada.

— Vamos entrar, que sua cerveja está esquentando — falei.

No The Prospect of Whitby, vi a bagagem de Bo e ele notou o que talvez tenha interpretado como uma preocupação da minha parte (será que esse cara está pensando em se mudar para minha casa?), então respondeu à minha pergunta mental:

— Não se preocupe, que não vim para ficar. Isso aqui não é *Rocco*: "olha só, vou morar na sua casa, apesar de não te conhecer".

— Ha-ha-ha! Sim, imaginei que seu plano não fosse esse.

— Falando nisso, você já leu *Rocco*, não é? — perguntou Bo.

— No final de semana passado. Aliás, estou voltando agora da peça *Private Lives*.

— Pobre Prandi, nunca pôde fazer o papel de Amanda.

— Sim, pobre Prandi.

— E aí? O que achou de *Rocco*?

— Não sei. Não consegui ler o livro como uma história qualquer. Na minha cabeça, o professor cujo nome não sabemos é sempre Terry. Eu sei que não é bem assim, mas foi assim que li: o professor como Terry e Rocco como Hans, embora eu não conheça Hans. Também li com a sensação de ainda estar no trem, e de que ou aquela noite era um cenário de ficção, ou *Rocco* é uma história real.

— Eu te entendo... "Não há nada mais real e ao mesmo tempo mais ilusório que o ato de ler."

— Pensou nisso agora? — perguntei.

— Não, e nem fui eu que pensei. É uma frase do Ricardo Piglia.

— Piglia... Que estranho e triste pensar nele, em Marías, em Kundera, em Didion, nos autores com os quais cresci e que morreram enquanto ainda vivo e navego pelos seus livros e suas mentes. Não fui contemporânea dos meus poetas modernistas preferidos, mas é difícil me acostumar com a ideia de que escritores com quem dividi o mesmo tempo e espaço tenham partido, e pensar que seus personagens ficaram órfãos e inanimados.

Bo olhou para mim com ternura.

— Está com fome? — perguntei.

— Muita!

— Tem um restaurante italiano aqui ao lado. Podemos ir, se quiser. Eu também ainda não jantei.

— Lá tem *paella* de lagosta e sanduíches *bikini*, além de comida italiana?

— Não! — dei risada, lembrando da cena de *Rocco* no Il Trucco, onde soube que Terry também tinha ido jantar com Hans na vida real.

Il Bordello é um restaurante de família, com iluminação pouco sedutora e adoráveis garçons octogenários. Sem pretensões nova-iorquinas nem intenção de parecer italiano ou antigo, com porções generosas de comida simples e muito boa. Pedimos *cotoletta alla milanese*, *spaghetti alla puttanesca* e vinho da casa.

Então rimos e passamos a noite como velhos amigos que na verdade não éramos. Bo me contou que correu tudo bem na conferência de Terry em Edimburgo, mas que, como ele havia previsto, no final lhe fizeram perguntas sobre *Rocco*. Perguntei como Terry lidou com elas e ele fez uma pausa para se lembrar do momento exato.

— Não tão mal, na verdade. Poderia ter sido pior.

Contou que, após a conferência, fizeram uma viagem até as Highlands e que, quando recebeu meu e-mail com os ingressos para o espetáculo de mágica, decidiu mudar a passagem de volta e pegar o voo de Londres quatro dias depois.

— Então você se convidou para ficar quatro dias na minha casa?

— Depende. Tenho uma reserva que ainda posso cancelar num Airbnb a duas ruas daqui — disse, apontando para a porta do restaurante.

— Se me levar contigo ao espetáculo de mágica, eu deixo você ficar na minha casa.

— Negócio fechado.

— Como está Terry? — perguntei. — Já foi embora para Nova York?

— Sim, pegou o voo ontem em Edimburgo.

Havia muitas coisas que eu queria perguntar a Bo, mas não sabia por onde começar. Queria falar sobre o fato de ele estar em Londres, mas Terry, Hans e Rocco batiam à porta e, agora que ele estava ali, talvez pudesse abri-la.

— Bo, o que você acha que aconteceu com Hans? Acha que ele cometeu suicídio? Que sumiu sem mais nem menos? Para onde poderia ter ido?

— Não sei. Na verdade, não o conheci muito bem. E Terry, como nos contou no trem, mais o imaginou do que conheceu. Acho que ele também não tem uma ideia real de seu paradeiro. Mas, se eu tivesse que arriscar uma teoria, não diria que ele se suicidou. Diria que se afastou do mundo em que vivia, dos seus colegas de casa e de Nova York.

— Como Rocco.

— É, mais ou menos como Rocco — disse Bo, levando à boca um pedaço de *cotoletta*. — Quer provar?

— Não, obrigada. Rocco também não se suicida no final, eu acho.

— No livro? Não, também não acho que tenha cometido suicídio. Acho que ele vai embora e que, ao fazer isso, consegue se cercar de outros lugares e outras pessoas e, assim, também se torna outro. É um jeito de se suicidar, mas obviamente não é um suicídio propriamente dito.

— Gostaria de pensar que Hans fez algo assim — falei.

— Eu também.

Comemos, brindamos, falamos de coisas que não eram Rocco, de pessoas que não eram Terry nem Hans e saímos juntos do restaurante.

No caminho para minha casa, mostrei a ele outro acesso ao rio, menos macabro, de onde não se via a forca. A água estava muito baixa, deixando exposta grande parte da parede do cais, que normalmente ficava coberta. Esverdeada pelo musgo, parecia um esqueleto ou um andaime, como se alguém tivesse se esquecido de baixar a cortina ou esconder o que havia por trás dos bastidores.

Bo passou a noite na minha casa, e já não éramos ficção nem palavras, mas lençóis e saliva espessa. Apenas uma noite. Ou quatro.

Terry havia morrido três meses atrás. Só soube que ele estava doente pouco antes de falecer. Também não suspeitei de que já estivesse quando o conheci no trem para Edimburgo. Quando Bo me contou de sua doença, semanas antes de sua morte, relembrei aquela noite, sua tristeza, a culpa que ele carregava, sua imagem no espelho. E vi tudo com outros olhos; os olhos de quem, após ter resolvido a face vermelha de um cubo mágico, lembra que ainda faltam cinco cores para encaixar, embora não estejam visíveis.

A morte de alguém sempre implica uma nova reviravolta em sua história. Pode parecer que a narrativa terminou, mas no fim da vida, vozes se erguem e o que acaba de ser silenciado vem à tona. Ainda havia muitos que julgavam Terence Milton, mas, após sua morte, também surgiram grupos que elogiavam sua tenacidade e defendiam sua liberdade como escritor.

Algumas semanas depois de nos separarmos em Edimburgo, Terry me enviou uma encomenda com xarope de bordo, farinha para panqueca e uma caixa de biscoitos Insomnia com um bilhete.

> Alice:
> De Manhattan, um abraço como aquele
> na estação.
> Sempre seu,
>
> TERENCE MILTON

Fora isso, não tive muito contato com ele, e não havia naquela mensagem nada que sugerisse seu declínio físico. Mas eu ainda estava na faixa etária em que não tememos pela vida dos outros, nem achamos que quem está aqui deixará de estar porque seu próprio corpo o levou embora, arrastado por tumores ou artérias obstruídas.

Bo continuou vindo a Londres após aquela primeira visita. Íamos e vínhamos naquele limbo que é o começo dos relacionamentos quando duas pessoas vivem separadas por meio mundo ou por um oceano. Terry não queria que a notícia de sua doença se espalhasse, suponho que por medo da fraqueza que isso poderia revelar ou porque as más notícias se tornam mais reais quando os outros sabem delas. E Bo, fiel ao seu mentor, também não me disse nada. Até que, numa das ocasiões em que foi visitá-lo em seu apartamento no Village, percebeu que seu professor estava juntando as peças de sua vida, deixando organizadas suas publicações e sua pequena herança, pois havia entendido que lhe restava pouco tempo entre os vivos.

Em uma dessas visitas, há pouco mais de três meses, Terry pediu a Bo, num tom confessional, que o ouvisse. Ele sabia que iria morrer sem saber o que tinha acontecido com Hans. Não havia nada a fazer a respeito e ele aceitava aquilo. Mas queria pedir a seu jovem amigo que, quando ele já tivesse partido, encontrasse Hans e se desculpasse em seu nome. Queria que Hans soubesse o que estava acontecendo naquele momento: que Terry, em seu leito de morte, quis lhe fazer um último pedido de desculpas e que morreu desejando que Hans pudesse perdoá-lo por ter publicado *Rocco*.

Como acontece quando alguém nos pede algo em seu estado de maior fragilidade, Bo quis fazer tudo por ele. Doeu-lhe fisicamente, me contou mais tarde, ver seu professor carregar aquela aflição e aquela culpa, e também sentiu a dimensão patética do que estava acontecendo: que, àquela altura da vida, com tão pouco tempo restante, Terry ainda quisesse controlar sua narrativa, que ainda se preocupasse tanto com o que Hans pensava, a ponto de pedir a Bo que fosse atrás dele, que fizesse de sua própria morte a ação trágica de uma história diante da qual os personagens só pudessem se render, pois diante da morte já não adianta carregar mágoas. Bo lhe garantiu que o procuraria, embora não soubesse como, porque Hans não havia deixado nenhum rastro.

"Aí é que está — disse Terry —, ele deixou, sim." E foi assim que ele contou a Bo o ocorrido no último dia em que viu Hans, quando chegou furioso na casa dele, quando não conseguiu lhe dar o livro com a dedicatória porque Hans já o havia lido e odiava o texto quase tanto quanto seu autor. Naquele dia, Terry lhe contou, Hans saiu atordoado, esquecendo na sua casa o exemplar que havia levado e os papéis que voaram quando deu um tapa no livro autografado que Terry iria lhe dar. Quando saiu para sua caminhada noturna, Terry pegou do chão os dois exemplares de *Rocco* junto com os papéis, que na verdade eram cartas. Havia duas contas de luz endereçadas ao apartamento de Hans no Lower

East Side e outra carta reenviada para o mesmo apartamento a partir de um endereço em Genebra. A carta, que parecia ser algum tipo de notificação da cidade suíça, estava originalmente dirigida a Hans Haig, Rue de Hesse, 12, Genebra. Tinha o carimbo das correspondências reenviadas quando a pessoa muda de domicílio. Terry sabia que Hans havia estudado em uma escola de teatro em Genebra, então era plausível que aquele fosse seu endereço antes de partir para Nova York.

Quando eu os conheci a caminho de Edimburgo, os dois haviam estado em Paris no lançamento de *Rocco* em francês, Bo me lembrou. Do seu leito de doente, Terry lhe contou que, durante aquela viagem, pretendia pegar um trem de Paris a Genebra e, chegando lá, ir até a Rue de Hesse para tentar seguir alguma pista que o levasse a Hans. Mas teve medo de se aventurar em uma viagem que não rendesse frutos e, acima de tudo, sentia pânico pela ideia de que, se rendesse algum fruto, tudo se encaixaria e ele encontraria Hans. O que iria dizer a ele? Como poderia continuar se humilhando na sua frente: "sinto muito mais uma vez, estou morrendo, me perdoe para que eu possa morrer em paz, escrevi porque te amava, mesmo te querendo só para mim e sem nunca pensar em você"? Terry decidiu não ir e, quando começaram as buscas por Hans, nunca revelou que tinha aquele endereço.

Então, sim, havia um rastro — Terry disse a Bo. "Mais do que isso: a Rue de Hesse é um endereço exato para onde você pode ir." Se Terry tivesse a vida pela frente, ele não teria aceitado aquilo, mas não era o caso, me disse Bo.

Tudo isso ele me contou na primeira viagem que fez a Londres após o falecimento de Terry. Falava sob o efeito neutralizador e sedativo que a morte de um ente querido tem sobre nós, aquela surpresa de que o mundo continua girando, que seus pulmões continuam retendo ar e seu coração batendo quando à sua volta tudo parou.

Bolamos um plano: quando ele voltasse a Londres na primavera, eu tiraria uns dias de férias. Voaríamos juntos para Genebra e passaríamos uma semana lá. Se virasse um jogo de detetives, nós jogaríamos. Se chegássemos à Rue de Hesse e ninguém ali conhecesse Hans, pelo menos havíamos tentado e passaríamos uma semana de férias na Suíça.

Quase três meses se passaram. Bo estava de volta a Londres e, na noite anterior à nossa partida para Genebra, achei-o indeciso e inquieto. Estava há muito tempo sentado no banco reserva, me disse. Não era a história dele, mas Terry era seu mentor. Não quis ou não soube julgá-lo quando publicou *Rocco*, mesmo quando nos contou em que consistira sua traição a Hans — e aí sim o julgou —, nem sequer naquele momento deixou de ser fiel a ele. E agora, apesar de Terry estar morto, ele estava prestes a embarcar num avião para atrapalhar a vida de Hans, que, se havia conseguido escapar da órbita de Terry Milton e de *Rocco*, não merecia ser perturbado.

Terry havia colocado Bo no lugar incômodo onde se encontram aqueles que se veem presos entre a benevolência e sua consciência. Eu, por outro lado, não precisava trair meu mentor se não fosse, nem trair meu próprio bom senso se decidisse ir. Eu poderia viajar à Suíça sem decidir quem pagaria por quais ações. Depois de chegar à estação de Waverley e de abraçar Terry, a história dele também era minha. Por isso, deixei Bo na minha cama em Wapping e fui sozinha para Genebra, à Rue de Hesse, 12. Queria ver se alguém abriria a porta para mim.

O trem que naquele momento entrava na estação de Cornavin não tinha compartimentos, nem estranhos cujas vidas pudessem entrar na minha. Estava quase vazio e deslizava silenciosamente pelos trilhos, minimizando seu impacto por onde passava. Lá fora, brilhava um sol de abril ainda tímido. Embora separada pelas janelas, eu sabia que as amendoeiras em flor que via do lado de dentro exalavam um aroma doce e suave. Eram árvores belas e assépticas, de natureza ordeira e circunspecta, com uma floração contida que ladeava ambas as margens dos trilhos e anunciava a chegada a Genebra.

Quando terminam as histórias que ouvimos? Já não havia terminado essa, que nem sequer era minha? Meses depois daquela viagem, as confissões noturnas de Terry e a história de *Rocco* permaneciam dentro de mim. E eu estava, de novo, em um trem, dessa vez seguindo os passos de Hans Haig em seu país natal.

A cidade, que abriga o luxo sem ostentação dos verdadeiramente ricos, é um emaranhado de ruas majestosas e discretas, de bancos de investimento com fachadas sóbrias e joalherias com aparência de lar de família. Apesar de sua riqueza, Genebra também tem uma estação de trem com arredores barulhentos e personagens caóticos, como é de se esperar em qualquer lugar ao qual chegam viajantes e visitantes. Meu hotel se encontrava em alguma rua daquele burburinho. Deixei minha mala e vi que a Rue de Hesse ficava a uns vinte minutos a pé. Caminhei até cruzar para a margem esquerda do rio e passei por uma das tantas relojoarias da cidade. Era uma loja elegante onde se lia MASTER

OF COMPLICATIONS, em referência às complicações dos relógios, isto é, aos seus benefícios e atributos, e os relógios suíços são famosos por tê-los em abundância.

Vários meses mais tarde, procurando por Hans pelas ruas de Genebra, me perguntei se não era eu a mestra das complicações, buscando por elas ao entrar na vida dos outros ou ao deixar que entrassem na minha. Por me comunicar com todo mundo feito amebas se reproduzindo, trocando partes de mim por partes deles. Era assim que as grandes complicações surgiam.

Na Rue de Hesse quase não havia lojas. O número 12 era um pórtico de madeira do qual estava saindo alguém justamente quando me aproximei. Entrei esperando encontrar o nome de Hans em alguma caixa de correio, e eu estava certa: na caixa correspondente ao apartamento do último andar, li a palavra HAIG. Subi as escadas um tanto incrédula e, ao chegar em frente à porta, ajeitei a roupa e o cabelo: um ato reflexo de quem está prestes a se apresentar para um estranho. Toquei várias vezes e, como ninguém atendeu, me sentei no chão, disposta a esperar.

Quase uma hora depois, ouvi barulhos no apartamento ao lado, de onde saiu uma mulher grávida com um violino no ombro. Ela se assustou ao me ver: não esperava topar com alguém no corredor de seu apartamento. Enquanto eu me levantava do chão, meus pedidos de desculpas saíram em espanhol, e ela, que a princípio murmurou algo em francês, mudou para minha língua com naturalidade.

— Posso ajudá-la com alguma coisa? — perguntou, com sotaque francês.

— Sinto muito — me desculpei novamente. — Não. Não sei. Estou procurando um garoto que morava aqui e se chamava Hans Haig. Se chama Hans Haig. Não sei se ainda mora aqui. Vi que tem seu sobrenome na caixa de correio.

— Porque o apartamento é da família dele. Mas Hans não mora mais aqui — disse, trancando sua porta com chave.

— Você o conhece? — perguntei à violinista, chamando-a de "você" sem querer.

— Quem é você? — disse, esquecendo também o tratamento formal e dando um passo atrás.

Ela não tinha largado o violino e continuava com a chave na mão. Estendi a minha para me apresentar.

— Desculpe. Meu nome é Alice — falei quando ela apertou minha mão sem dar muita confiança.

— Você é amiga de Hans?

— Não, na verdade não.

— Jornalista? — perguntou, antes que eu pudesse me explicar.

— Não, não. Sou amiga de um amigo americano de Hans.

Quando eu disse "americano", percebi que havia cometido um erro. A violinista levantou a mão, como quem diz: não fale mais nada, encerramos por aqui.

— Sinto muito. Hans não está — disse com firmeza. — Mesmo que passe a noite no corredor, não vai vê-lo, porque ele não mora mais aqui. Diga ao seu amigo que não teve sorte. *Bonne soirée.*

E começou a descer as escadas com determinação. Sem saber mais o que fazer, desci atrás dela em silêncio e, chegando à rua, interrompi sua passagem.

— Peço desculpas por te incomodar. Meu amigo, o amigo de Hans, morreu. Entendo que você não queira falar comigo, mas Hans tem o direito de saber. Não sou jornalista nem vou falar com ninguém. Eu só queria ver Hans para contar isso a ele. Viajei até aqui só para isso. Por favor.

A violinista tirou o instrumento das costas e passou a mão na barriga, em círculos.

— Terence Milton morreu?

— Sim.

Ela respirou fundo olhando para o céu, decidindo naquele instante o rumo que o resto da história tomaria.

— Como era mesmo seu nome? Alice?

— Isso.

— Alice, tenho que ir para um ensaio. Mas, se quiser, podemos nos encontrar depois. Conhece Genebra?

— Não, mas posso me localizar pelo celular.

— Ótimo. Vejo você em La Clémence, na cidade velha. É uma *brasserie* numa pracinha com outros restaurantes, não tem como errar. Nos vemos lá em duas horas. Não se atrase, que daqui a pouco preciso dormir — disse, acariciando a barriga novamente.

— Obrigada, muito obrigada. Qual é o seu nome?

— Zadie! — gritou, já de costas.

Verifiquei que não estava longe daquela praça. Atravessei o Parc des Bastions, que tinha um lindo bosque margeando o calçadão central e, de lá, subi até a cidade velha, por onde caminhei até dar a hora de encontrar Zadie. Ela chegou pontualmente com seu violino e sua barriga. Pediu um *verveine* e me perguntou com os olhos o que eu iria tomar. "O mesmo", e ela se virou para o garçom: "*Deux fois.*"

— Por que você fala espanhol tão bem? — perguntei a ela.

— Por causa do meu namorado. Seus pais são galegos, e apesar de ele ter nascido aqui, toda sua família é espanhola. Seu nome é Jaime. O que exatamente você veio fazer aqui, Alice?

Resumi: conheci Terry no final de sua vida. Ele me contou a história de Hans, de *Rocco*, e alguns meses atrás, prestes a morrer, me pediu para encontrar Hans e dizer a ele que Terry sempre se arrependeu, que ele queria se desculpar mais uma vez. "Não quero incomodar Hans, apenas deixar essa mensagem em nome de Terry", acrescentei.

— A história de Hans… — disse ela, fazendo aspas com os dedos.

— Sim, Terry me contou a história de Hans.

— Esse é o problema. Hans não é uma história, mas uma pessoa real que Terence Milton explorou para seu livro.

— Então ele está vivo? Hans, quero dizer.

— Sim, mas não está aqui — disse Zadie.

Pensei no medo de Terry, o medo de que Hans tivesse cometido suicídio, de que seus colegas de casa tivessem lhe feito algo. Agora, Zadie confirmava que Hans estava vivo, mas Terry já não podia sentir nenhum alívio.

— Vocês se conhecem há muito tempo? — perguntei.

— A vida toda. Nossas famílias são amigas. A dele é uma das principais financiadoras do conservatório de música, que fica bem perto da Rue de Hesse. O apartamento onde você foi pertence à sua família e, na verdade, o apartamento onde eu moro também. Sempre alugam para os músicos por um bom preço. Hans não é músico, mas como é um imóvel dos Haig, morou ali quando estudava na escola de teatro. Voltou depois da publicação de *Rocco*, mas foi um período difícil e ele acabou indo embora.

— Indo embora? Para onde?

— Alice, eu e o Hans dividíamos o berço quando éramos pequenos. Não vou te dizer onde ele está, mas, para que fique mais tranquila, te garanto que está bem. E não se preocupe, que darei essa mensagem póstuma em nome de Terence Milton.

Não havia muito mais que eu pudesse fazer. Eu entendia a posição de Zadie.

— Obrigada. Eu te entendo. Nunca conheci Hans, mas estou há bastante tempo vivendo sua história, ouvindo o que aconteceu, o que ele sentiu depois da publicação, como saiu de Nova York... E pensei que, além de transmitir a mensagem de Terry, gostaria de conversar com ele.

Zadie assentiu como quem compreende o que está acontecendo, embora não possa ajudar. E, imediatamente depois, sua expressão foi substituída por uma careta de dor. Instintivamente, pôs a mão na barriga e fechou os olhos com força.

— Você está bem?

— Não sei. Senti uma dor aguda. — E a careta voltou. — Ai! De novo.

— O que fazemos? Será que você está entrando em trabalho de parto?

— Não, é muito cedo. — Novamente a expressão de dor. — Ai, que horrível!

Alguém na mesa ao lado viu o que estava acontecendo e perguntou a Zadie algo que incluía a palavra ambulância. Ela disse que sim. Peguei seu violino e suas coisas e ela me olhou como quem faz uma pergunta.

— Vou contigo.

— Ótimo — disse, segurando a barriga.

A ambulância chegou e, quando entramos, perguntei se ela queria que eu ligasse para seu namorado. Estava na Espanha, disse. Chegaria no dia seguinte à noite.

Tudo aconteceu muito rápido. Ao entrar no hospital, Zadie foi levada para um quarto que se encheu de gente da equipe médica e fecharam a porta. Fazia apenas algumas horas que eu havia chegado àquela cidade e já estava em um hospital com uma parturiente desconhecida. Mestra das complicações. Depois de um tempo, alguém veio me avisar que eu poderia entrar para vê-la. Ela estava em uma cama com soro, conectada a vários aparelhos.

— Foi um susto. Vão me deixar aqui essa noite por precaução, mas parece que está controlado — disse, com cara de sono.

— Mas o que houve?

— Um aviso. Parece que já quer sair — disse, apontando para a barriga. — Mas ainda não é hora, então vou ficar aqui essa noite. Obrigada por vir.

— De nada. Não quer que eu ligue para alguém?

— Não, estou bem. Amanhã o Jaime chega. Telefonei e ele alterou o voo, então, amanhã cedinho já vai estar aqui.

Nós duas ficamos em silêncio. Zadie na cama de hospital me trouxe à memória a imagem de Arturo depois de seu acidente, e também a minha na cama do San Carlos, após o procedimento.

— Zadie, se quiser, posso ficar aqui com você essa noite.

— Não precisa. Os médicos me atendem se acontecer qualquer coisa — disse, bocejando.

— Sim, eu sei. Mas não me custa nada ficar. Quando Jaime chegar amanhã, eu vou para o hotel.

— Não precisa, mesmo. Eu estou bem.

Zadie bocejou de novo e fechou os olhos. Imaginei que a medicação a tivesse deixado grogue. De novo me lembrei do dia em que me telefonaram do hospital após o acidente de Arturo e senti, como naquela ocasião, que eu provavelmente não era a pessoa mais adequada para estar ali naquele momento, mas nunca escolhemos quem a vida vai aproximar de nós.

De manhã, quando comecei a me espreguiçar, Zadie já estava acordada.

— *Bonjour,* Alice. Pelo jeito você não foi para o hotel. Jaime está em um táxi a caminho — disse ela com uma cara ótima.

— Pois é. No fim, decidi ficar... Está se sentindo bem?

— Sim, tive uma boa noite.

Entendi que estava sobrando ali e peguei minhas coisas para ir embora antes que Jaime chegasse.

— Obrigada por ter ficado — disse Zadie. — Não tinha necessidade.

— Eu sei. Fico feliz que Jaime tenha chegado.

Me aproximei da cama para me despedir dela com uma sensação esquisita que não me era estranha: a de ter compartilhado uma fatia de vida com uma pessoa desconhecida e saber que sua história, apesar de não ser minha, viveria por um tempo dentro de mim; que, embora nunca mais nos víssemos, eu levaria algo de Zadie e seu bebê, antes mesmo de ele ter nascido.

— Boa sorte no parto. E obrigada por falar comigo.

— Obrigada a você. Eu mal falei — disse. E apertou minha mão quando eu já estava me virando em direção à porta. — Talloires.

— Hein?

— Talloires. É um vilarejo francês a uma hora daqui. A casa da família de Hans fica lá. Siga o píer até chegar a uma rua de pedra, no final dela você vai ver uma casa no topo. Os Haig moram ali.

Disse isso quando eu já estava com a mão na maçaneta da porta.

— Obrigada, Zadie — falei, me despedindo.

Caminhei até o elevador, de onde saiu às pressas um homem jovem, com a barba por fazer e cara de sono. Boa sorte na vida, Jaime, pensei.

Sentada na umidade macia em frente ao lago de Annecy naquele dia sem vento, o azul da água era a única coisa que havia. Como teriam passado os meses de confinamento naquele vilarejo minúsculo? Quantas pessoas teriam procurado luz em casas alheias para criar uma ilusão de companhia? Quantas vezes alguém se debruçara em busca de ondas, de movimento, desejando que o lago e o mundo perdessem sua quietude? Naquele momento, embora a paisagem fosse estática, já dava para sentir o início da primavera e sua vontade de vida. Era o fim do inverno, a certeza de que o mundo e o corpo voltavam a florescer.

Na grama fofa, uma menina de olhos vivos brincava com um cachorrinho pequeno e alongado. A menina gargalhava com o cão salsicha que, de pé, tinha a altura dela. Caminhavam aos pulos e fazendo festa, se divertindo com a fisiologia um do outro. Com o eco do vale, sua alegria parecia infinita. Alguém estaria os vigiando de alguma janela das casas vizinhas. Também não poderiam ir muito longe. Um instante de movimento e de vida.

Vi o píer e a rua que Zadie tinha indicado. No final dela, avistava-se o portão que, presumi, dava acesso à casa dos Haig. Lá em cima, dava para ver seus muros de pedra cobertos por plantas centenárias. Empurrei a grade de ferro, que estava entreaberta. O jardim da casa começava na parte baixa: uma pérgola de pedra, uma estátua, heras e roseiras e, ao fundo, uma enorme escadaria. Ao subi-la, ouvi uma melodia de piano que se infiltrava pelas janelas. Atravessei o pátio de entrada, que tinha um caminho de grama em forma de cruz e uma fonte de pedra no centro.

— *Hello? Bonjour?* — falei, me aproximando de uma janela aberta no andar de baixo.

Então, apareceu um labrador preto abanando o rabo e, atrás dele, uma mulher secando as mãos no avental amarrado na cintura.

— Frankie! Frank! — gritava. — Ah! *Bonjour, madame* — disse ao me ver parada no jardim.

Perguntei se ela ou alguém naquela casa era da família Haig e a mulher assentiu e pediu que a seguisse. Entramos por uma porta dos fundos. A casa, como era de se esperar, tinha tetos altos e cômodos espaçosos. Numa sala banhada por uma luz morna, uma mulher loira que não devia ter cinquenta anos tocava piano. Através das janelas em estilo francês, via-se o jardim dos fundos com uma mesinha redonda de ferro preto. Quando ela nos viu na porta do salão, se levantou do piano e veio até nós.

— Pelo visto já conheceu a madame Baton, a pessoa que manda na casa. E imagino que Frank também veio dar oi. Alice, certo? — disse, estendendo a mão. — Senhora Haig. — E apertou a minha com força. — Mãe de Hans. Prazer em conhecê-la.

Ela falava inglês sem sotaque francês, com uma dessas cadências próprias do inglês internacional, típicas de quem aprendeu o idioma dos dois lados do Atlântico, entre colégios internacionais, pistas de esqui nos Alpes e a areia fina das praias de St. Barths.

Sugeriu que nos sentássemos no jardim dos fundos. Na mesinha de ferro, haviam surgido dois copos e uma jarra d'água com folhas de hortelã.

De repente, me senti ridícula. E também intimidada pela senhora Haig. O que eu estava fazendo ali? Claramente, Zadie tinha lhe avisado que eu estava a caminho. O que eu iria lhe dizer agora que ela estava na minha frente? Olhou para mim com olhos de um azul aquoso, como aqueles descritos em *Rocco*, como eu supunha que Hans tinha. Imaginei que essa seria a casa onde ele passara aquelas noites de alucinações quando criança, enquanto seus pais discutiam. Eu tinha imaginado um lugar modesto, mas por quê? Presumi que fosse pelos comentários sobre a precariedade em *Rocco*. Mas Hans não era Rocco. Fiquei me perguntando por que Terry nunca mencionou a condição social de Hans. A ameaça representada pelos seus colegas de apartamento e pelo desejo de proteção de Mina tinham me levado a concluir que se tratava de alguém necessitado. Era possível que Terry não soubesse detalhes sobre a família de Hans. Ou que aquela casa e aquela mãe, que recendiam a dinheiro de família, na verdade se devessem a outra coisa. Ou que, sendo de família rica ou não, o que aconteceu com Hans em Nova York tivesse a importância que eu imaginava que tinha. Nos minutos que passei naquela casa, entendi que estava enganada se eu achava que, com aquela viagem, iria completar uma cor do cubo mágico, a cor da história de Hans. Eu sabia muito pouco sobre ele, e em Talloires percebi que sabia menos do que pensava. E que provavelmente esse também era o caso de Terry. E que nada disso tinha mais remédio ou importância.

— Você viajou até outro país, Alice. Passou a noite com Zadie no hospital e agora chegou até minha casa. São muitos esforços. Diga, o que você quer saber?

A senhora Haig era uma dessas pessoas com expectativas claras; quem estivesse à sua volta passaria a vida inteira tentando cumpri-las. O que eu queria saber? Eu queria ver Hans. Disse a ela que Terence Milton havia sido amigo de Hans, que ela certamente sabia quem ele era, que ele tinha morrido e que eu gostaria de contar isso ao filho dela.

— Sim, eu sei quem era Terence Milton, e sei que ele morreu porque Zadie me contou hoje de manhã. Mas Hans não está aqui e eu sou o mais perto que você vai chegar dele. Quer que eu lhe diga mais alguma coisa além de informá-lo sobre a morte do senhor Milton?

Transmiti as desculpas de Terry, o arrependimento de uma pessoa à beira da morte. Como seria importante para ele que Hans soubesse de seu remorso.

— Obrigada por vir até aqui, Alice. Vou transmitir sua mensagem ao meu filho — disse e se levantou, dando o encontro por encerrado.

— Senhora Haig — falei, me levantando também. — Sinto muito por tê-la incomodado em sua casa. Minha história cruzou com a de Terence Milton e, desde então, tenho pensado muito em Hans. Além de lhe dar a notícia de sua morte, eu tinha a esperança de conhecê-lo, de vê-lo com meus próprios olhos. Gostaria de falar com ele sobre Terry e o que aconteceu em Nova York, e que ele também dividisse comigo sua versão da história.

Eu não ia dizer a ela que já tinha uma parte de Hans dentro de mim e que gostaria de lhe dar algo meu, deixar a ele uma parte do trem, do abraço de Terry. Também não confessei que queria saber quem eram seus colegas de apartamento em Nova York, o que eles realmente fizeram, o que aconteceu para que ele fugisse, se *Rocco* de fato arruinou sua vida, como Terry morreu acreditando.

A senhora Haig me lançou um olhar entre condescendente e comovido.

— Sinto muito, Alice. Hans não está aqui. Mas eu vou comunicar a ele tudo o que você me disse. Madame Baton vai te acompanhar até a porta. — E, sem que houvesse uma palavra entre elas, a senhora Baton apareceu com Frankie, o labrador.

Uma última tentativa, o dado que rola para tentar a sorte antes de nos retirarmos.

— Hans não está aqui agora ou não mora aqui?

— Hans não se encontra na região, querida. Obrigada por ter vindo. Boa viagem de volta.

A senhora Haig se esquivava de qualquer pergunta sem esforço e sempre dizia apenas o suficiente para encerrar a conversa. Desapareceu de vista e eu segui os passos da senhora Baton — e Frankie, os meus.

Chegamos à porta principal, que não era por onde havíamos entrado. No móvel ao lado havia uma fotografia amarrotada, apoiada em uma luminária. Nela, uma moça loira abraçava uma criança pequena. Os dois tinham o cabelo molhado e estavam enrolados em toalhas, sorrindo alegres para a câmera. Lá estava ela: a fotografia de que Hans havia falado a Terry, que ele sempre carregava para onde ia e que mais tarde apareceu em *Rocco*. Só podia ser a mesma cópia, porque, se fosse outra, estaria emoldurada, e não amassada ao lado das chaves. Entendi que, se Hans não estava ali naquele momento, era por minha causa. Mas ele estava, sim. Certamente em algum dos cômodos daquela casa ou em um vilarejo próximo, esperando sua mãe avisá-lo que já podia voltar. Estive a ponto de pegar a fotografia, mas ela não era minha, e nem aquela história. Peguei meu celular e tirei uma foto fugaz.

Madame Baton, Frankie e eu saímos pela porta principal. Atravessei os jardins do pátio e segui pelo caminho que levava à escadaria. Senti os olhos da senhora Baton nas minhas costas, certificando-se de que eu saía daquela casa. Ao chegar lá embaixo, vi a estátua dos anjinhos de pedra ao lado da pérgola e dei zoom na foto que tinha acabado de tirar. Ali estavam eles: na fotografia, a jovem senhora Haig e o menino Hans sorriam encharcados, imitando a posição dos querubins. Lá fora, do outro lado do portão de ferro, ficava o lago sereno, cercado de montanhas. Presumi que aquela paisagem era o vale geológico da tatuagem de Hans e, portanto, também de *Rocco*.

Para além do muro de pedra e das plantas trepadeiras estavam as nuvens, algumas altas e difusas como um filtro gracioso, outras felpudas como uma colcha macia. Me veio à mente aquela linda palavra cunhada por Rubén Darío, nefelibata, do grego *nephélē*, nuvem, e *bátēs*, que anda. Nefelibata é a pessoa sonhadora que anda nas nuvens e não distingue a realidade. Pensei em Bo, que devia estar sozinho no meu estúdio em

Wapping. Sorri ao me lembrar dele assustado naquela primeira noite perto de casa, falando entusiasmado sobre as flores de vidro; fazendo uma parte do seu caminho ao lado de Terry, o inventor de histórias. Peguei o celular, mandei a foto da foto para ele e mudei o voo para voltar a Londres aquela noite.

Fui me afastando da casa pelo caminho estreito que margeava o lago. A parede, tomada por musgo e umidade, emanava frio e exalava uma vida oculta de insetos palpitantes prestes a se revelar com a chegada da noite.

Hans permaneceria congelado, como os personagens de ficção cujos autores morrem. Eu nunca saberia sua versão dos fatos. Mas este é apenas um final, porque, enquanto a borboleta ainda bater suas asas, as palavras dos outros, como novelos de seda que continuam se enroscando, podem mudar novamente o rumo desta história.

Agradecimentos e menções honrosas

Gostaria de agradecer ao Departamento de Línguas e Literaturas Românicas e a toda a Universidade Colgate por terem me oferecido um lugar onde me dedicar à literatura, e também aos amigos que tornaram quase tropicais os invernos mais gelados: eles sabem quem são. Seria difícil imaginar os anos ali sem as palavras de Niki Keating. Minha admirada e querida CJ Hauser me encorajou a seguir pelo caminho da ficção e, numa praça de Pádua, me garantiu que este livro seria publicado. Sem o apoio, a amizade e o carinho de Monica Mercado, minha vida do outro lado do Atlântico não pararia em pé. Além do rascunho deste romance, compartilhei com Laura Moure Cecchini a casa, o carro, livros que ainda não existem, viagens pela Route 20, *brodaglia* e decepções, e tudo é sempre melhor com ela. Yang Song me acompanhou em mil aventuras domésticas e me ensinou a escrever 零. Com meus alunos, passei muitas horas falando sobre histórias de ficção, e Renee Congdon, nomeadamente, leu este livro quando ele era apenas um projeto.

Meus amigos (muitos deles hispanistas, alguns *mariescos*,* todos muito queridos) de Londres, Madri, Wellesley, Múrcia, Minorca, La Pinilla, Santiago de Compostela e Cidade do México são apaixonados por livros e ficaram empolgados com a ideia de que este existisse. Com a generosidade que os caracteriza, Luis Castellví Laukamp, David Jiménez Torres e María Seguín me ajudaram em diferentes períodos. Com Nacho García Peña, estou há vinte e cinco anos descendo em estações parecidas. Alguns desses personagens estavam há uma década num trem, e foi Gavin Russel quem ouviu falar deles pela primeira vez. Minha amiga Charlotte Fereday me deu coragem para falar com Sophie Hughes sobre o romance, e Sophie me apresentou para Ella Sher, agente dos sonhos. Então, foram elas que começaram tudo.

---

* Estudiosos da obra do autor espanhol Javier Marías. (*N. da T.*)

Dizer que este romance deve seu pontapé inicial a Ella é pouco: sem ela, este livro ainda seria um arquivo de Word. Ella Sher se apaixonou por esta história e mudou tudo ao impulsioná-la com um entusiasmo comparável apenas à sua eficiência. À minha editora e aliada, Carolina Reoyo, que com seu olho clínico tornou este livro melhor, zelando também pela sua imagem e divulgação com bom humor e carinho. Se existe um *dream team* literário, são essas duas.

À toda a equipe da Penguin Random House na Espanha, e especialmente a María Fasce e Pilar Reyes pela confiança. Agradeço também aos editores estrangeiros que acolheram este livro antes mesmo de ser publicado em espanhol, aos tradutores que estão trabalhando para que ele exista em outros idiomas, e aos *scouts* literários e coagentes de Ella Sher, que o levaram por meio mundo.

Há dois grandes escritores a quem devo muito: Javier Marías, *in memoriam*, porque sua voz me arrebatou e definiu minha carreira; e a Rosa Montero, torrente de energia e fonte de inspiração (tanto ela quanto sua obra), porque anos atrás me encorajou a escrever ficção. E, quando o fiz, ela leu rascunhos e me aconselhou com a generosidade e a paixão que lhe são características.

Nesta história aparecem palavras de diferentes escritores que admiro: os versos são de Robert Frost, Sylvia Plath e Hilda Doolittle. Peguei emprestadas algumas frases do discurso de posse na Real Academia Espanhola de Carme Riera, que refletiu tão lindamente sobre as ilhas, e de Elizabeth Strout, cuja personagem Lucy Barton se pergunta sobre o destino. A ideia de que a literatura abre uma ferida e também a cicatriza é de Juanjo Millás.

Escrevi a maior parte deste romance quando voltei a estar perto dos meus amigos de infância: Neila, Saioa, Elena e Alberto; além de Paqui e Ramón, que fizeram tantas *paellas* quantos domingos há no ano. Muitas destas páginas ganharam forma na livraria Pynchon & Co., onde sempre fomos recebidas com sorrisos — tanto eu quanto Isla, que dormiu ao meu lado durante todo o processo de escrita.

Agradeço à minha família por todo o apoio e carinho. Meu pai incutiu em mim o amor e a curiosidade pelas ilhas e os mistérios que contêm. Minha tia, pelas viagens. Minha irmã sempre foi e será minha melhor cúmplice: devo a ela tudo o que sei sobre os sonhos, e também por ter me acompanhado nesse processo com sua empolgação habitual pelas minhas aventuras. A Sarisú e Kike, porque a alegria ajuda muito a escrever.

A confiança da minha mãe é o motor de tanto ou de tudo: ela nunca duvida, e eu segui em frente graças à sua convicção cega, que é uma fonte inesgotável de energia para suas filhas.

Para Andrés, primeiro leitor. Este romance saiu do tinteiro e ganhou vida graças à sua certeza de que eu podia contá-lo, e ao seu entusiasmo por conhecer estes personagens, que agora não são mais só meus.

O texto foi composto em Dante MT Pro, corpo 12/17.
A impressão se deu sobre papel off-white no Sistema Cameron
da Divisão Gráfica da Distribuidora Record.